KB004442

실용 커피 서적

커피생활자의 탐구일기

실용 커피 서적

커피생활자의 탐구일기

조원진 지음

좀처럼 곧장 집에 들어가본 적이 없습니다. 집에 가는 길 어드메에 카페가 있다면 돌아가더라도 부러 발걸음을 하여 커피를 마십니다. 집에 가면 마실 원두가 쌓여 있음에도 카페를 갑니다. 오늘, 지금 이 순간이 아니면 느낄 수 없는 무언가를 놓치고 싶지 않기 때문입니다. '실용'이 무언가에 쓸모 있음을 뜻한다면, 매일같이 커피에 돈과 체력을 쓰고 시간도 쏟아 붓는 저는 실용 커피를 논할 수 있는 사람이 아닙니다.

만약 주어진 인생의 시간들을 잘 사용하는 것이 실용이라고 말한다면, 저는 이 세상에서 가장 실용적인 커피 생활을 즐겨왔다고 자부할 수 있습니다. 커피를 마신 지 고작 15년밖에 안 됐지만, 처음 마셨던 그 커피와 지금의 커피는 완전히 달라졌습니다. 수많은 관계와 그간 마셔온 커피들 덕분에 커피 한 잔을 마시는 기쁨은 날이 갈수록 깊어졌기 때문입니다. 커피 한 잔의 기쁨으로 충만한 인생은 그 어떤 것과도 바꿀 수 없습니다.

생각해보니 무언가에 쓸모 있는 것을 실용이라 말해도 저는 꽤 실용적인 취미생활을 한 것 같습니다. 커피 덕분에 직장도 얻고 책도 쓰며 잘 살고 있기 때문입니다. 그러고 보니 커피를 좋아하는 일이 모든 것에 계산이 둔한 제가 한 일 중 가장 실용적인 것 같다는 생각이 들었습니다. 그리하여 15년차 커피 덕후로서, 실용적이고 아름다운 취미생활에 대한 글을 쓰기로 결심했습니다. 커피 한 잔과 함께.

2019년 봄

조원진

차례

0

프롤로그

내 커피의 역사

0 / 1

내가 마신 커피가 바로 나

대학에 합격하고 아르바이트를 시작했다. 선불로 받은 월급은 얼마 되지 않았는데, 그 돈을 받은 주말에 나는 단골 카페로 향했다. 때가 타도 멋스럽게 사용할 수 있다는 동銅으로 만든 드립주전자를 추천받았고, 가장 필요한 기구 몇 개를 골랐다. 조금 비쌌지만, 언젠간 보물이 되겠거니 하며 덜컥 사버렸다. 이제 집에서도 맛있는 커피를 마실 수 있다는 설렘과 쓸데없는 데에 돈을 썼다고 어머니께 혼나면 어쩌지 하는 마음이 뒤엉켰던 그날이 아직도 기억난다. 부푼 마음으로 내렸던 커피 한 잔이, 언제 마셔도 맛있었던 그 카페의 커피와는 완전히 다른 맛이었던 것도.

그날 이후로 나는 매일같이 커피를 내렸고, 동네 친구를 불러다 커피를 나눠주면서 조금씩 발전하는 실력을 가늠해보기도 했다. 둘이 앉아 커피를 마실 때면 나는 그날의 날씨와 기분부터 시작해 커피의 상태, 물의 온도, 내리는 과정을 기록한 노트를 작성했다. 친구는 그 커피에 대한 한 줄 평으로 커피 값을 대신하곤 했다. 노트 작성에는 늘 신중을 기했다. 하루하루 쌓이는 기록을 발판 삼아 더 맛있는 커피를 내리고 싶었기 때문이었다. 엉터리 양식에 말도 안 되는 맛 평가가 담겨 있는 노트지만, 덕분에 그때 마셨던 커피 맛을 기억할 수 있어 종종 꺼내 보곤 했다.

직접 커피를 내려 마시는 일이 익숙해지자, 홈 로스팅에도 도전했다. 직접 볶은 커피가 많아지자 캠퍼스에 노점을 열어 커피를 팔았다. 대학원생이나 교수님에게 원두를 팔아 용돈 벌이도 했다. 그중에서도 지도교수님은 내 커피를 꾸준히 사주시는 단골손님이었다. 교수님은 졸업논문 심사를 하면서 "대학원을 생각하고 있다"는 나의 입을 막으며 "천만 원 줄 테니 카페 열어"라고 말씀하셨고, 졸업식을 앞둔 어느 날에는 "이제는 네가 볶은 커피를 못 마시는 거냐"며 커피를 한 박스나 주문하기도 하셨다. 취업 준비보다는 시답잖은 커피 팔이에 시간을 낭비했던 시절이지만, 커피로 인해 더 많은 사람과 함께할 수 있어 마음만은 풍족했다.

학사장교를 택해 40개월 동안 군 복무를 한 이유도 커피 때문이었다. 매일 내려 마시는 커피가 없는 세상을 도무지 생각할 수 없었기에 비교적 개인 공간이 보장되고 취미생활을 할 수 있는 장교의 길을 택한 것이다. 긴 복무기간만큼 녹록지 않은 시간이었지만, 일어나자마자 물을 끓이고 원두를 갈아 커피를 내리는 그 순간은 고단한 날들을 버티는 힘이 되어주었다.

물론 그렇게 내린 커피가 온전히 나만의 것은 아니었다. 향이 남다르다며 매일같이 쫓아와 커피를 나눠 마시는 부사관 친구들이 있었기 때문이다. "조 중위님, 커피에서 오렌지 맛이 나는데요." "오늘 커피 맛있네요. 제 보온병에 많이 따라 가도 될까요?" "오늘은 커피가 좀 이상하네, 생선 비린내가 나요." 망중한을 즐기며 나눴던 그 커피 앞에선 계급장도 없었고, 복잡한 생각도 없었다. 그날의 커피에 관한 짤막한 담소들은 군생활에서 손에 꼽는 좋은 추억이다.

중학교 3학년 때 동호회 형 누나들을 따라가서 지금은 문을 닫은 이대 앞 커피 전문점 '비미남경'에서 처음 커피를 마셨으니 꽉 채워 15년이다. 꾸준하게 마셔댄 커피 덕분에 단골로 찾아가는 카페의 바리스타들과 매장을 마감하고 술 한잔 기울이는 사이가 되었다. 그리고 부족하게나마 그들의 이야기를 전하고자 블로그를 통해 글을 쓰기 시작했고, 나중에는 이 대화와 관찰의 기록이 온라인이나 잡지에 연재되거나 한 권의 책으로 만들어지기도 했다.

책이 나오고 얼마 후의 일이다. 다니던 스타트업 회사가 문을 닫게 되어 거지백수로 빈둥거리는 처지가 되었다. 그러다 우연히 한 식품회사의 채용 공고를 보았다. 내세울 것이라곤 커피를 많이 마신 게 전부니 어찌 우겨보면 이력이 될 수 있을까 싶었다. 운이 좋게도 그 경험을 경력으로 인정받아 면접을 치르게 됐고, 커피로 맺은 많은 인연이 적재적소에서 도움을 주어 근사한 입사 프레젠테이션을 할 수 있었다. 입사 후에는 바리스타가 되어 매장을 책임지기도 했고, 지금은 시장조사를 위해 여기저기 커피를 마시러 다니고 있다. 누가 취미가 일이 되면 지겨워진다고 했을까. 내 커피 사랑은 어제보다 오늘 더 깊다.

술잔을 앞에 두고 나누는 얘기는 즐겁지만, 항상 취해 있어야 한다는 부담이 있다. 맛있는 음식을 함께 먹는 일도 좋지만, 주머니가 넉넉하지 않기에 자주 할 수는 없다. 또 그릇을 비우고 나면 자리를 비켜줘야 하니 긴 대화를 나눌 수도 없다. 하지만 커피는 취하지도 않고 오래 즐겨도 부담이 없다. 한 잔을 앞에 두고 이야기를 나누면 누구와도 친구가 될 수 있다.

우연히 만난 내 책의 독자가 "어쩌다 커피를 좋아하게 되었느냐"고 물었다. 커피와 함께했던 좋은 순간들에 대한 이야기로 대답을 갈음했다. 내가 마신 커피의 역사와 함께한 사람들이 없었다면, 나에게 커피는 특별하지 않았을 것이기 때문이다. 언제나 사는 일은 바쁘고 녹록지 않지만, 힘든 순간에 함께한 커피 한 잔은 언제나 온전하게 그 순간을 즐길 수 있게 도와주었다. 커피를 둘러싼 수많은 이야기와 기쁨을 생각하면, 한 잔의 값어치는 헤아릴 수 없다.

0/2

커피를 위해 견뎌야 하는 것들

무언가를 취미로 가지는 것은 결코 쉬운 일이 아니다. 가령 영화를 두 번 보는 일을 떠올려본다. 물론 채널을 돌리다 우연히 마주친 지난 영화를 다시 보는 것과는 다른 일이라고 생각하자. 영화관에 두 번 가거나 혹은 내가 처음 봤던 장면과 다른 요소들을 찾으며 영화를 보는 일은 미약하나마 인내심을 필요로 한다. 한 편의 교향곡을 집중해서 듣는 일이 그렇고, 취기에 넘어가지 않고 와인을 맛보는 일이 또 그렇다. 계절에 따라 옷을 갈아입는 일처럼 취미 또한 한 철 유행이라 생각하여 잠깐 쓰고 버릴 것이 아니라면, 모든 취미는 꾸준한 관찰과 노력과 인내를 필요로 한다.

진정한 커피 덕후가 되기 위해서는 우선 아침잠이 없어야 한다. 매일 아침, 하루를 시작하는 커피를 직접 내려서 마셔야 하기 때문이다. 또 빈속에 커피를 마셔서는 안 되니, 모닝커피를 즐기기 위해서는 적어도 남들보다 30분은 일찍 일어나 밥을 먹어야 한다. 하지만 나는 일찍 일어나는 새는 아니었기에 대학 시절에는 커피를 내리다가 지각하는 일이 다반사였다.

군대에서 단체 숙소를 쓸 때도 그라인더를 가져다가 원두를 갈아 커피를 마시곤 했는데, 굳이 그 새벽에 소음을 내야 하냐고 동기들에게 욕을 먹었다. 그 이후엔 미안함이 앞서 그라인더를 들고 화장실로 가곤 했다. 외로이 변기에 앉아 원두를 갈고 있을 땐 내가 이러려고 커피를 좋아하게 되었나 하는 자괴감도 들었다. 직장에 다니면서는 아예 오피스 카페를 차렸다. 아침에 일찍 일어나기가 너무나도 힘들어서, 필요한 장비들을 하나 둘씩 사무실에 가져다놓고 시시때때로 커피를 내려 마시고 있다.

다음으로 어려운 일은 커피를 여러 잔 마시는 것이다. 고등학교 1학년 여름방학이었을 것이다. 지금은 커피리브레의 대표인 서필훈 바리스타가 안암동 고려대 후문 앞에 있는 카페 보헤미안에서 커피를 내리고 있었을 때였다. 호기심 가득 찬 눈으로 바라보는 내 모습이 나쁘지 않아 보였는지, 그는 커피를 내리는 족족 나에게 건네주었다. 나는 그 마음이 너무나 감사해 다섯 잔을 연거푸 들이켰는데, 커피를 그렇게 많이 마신 일은 처음이라 집에 가는 내내 동공이 확장되고 손이 떨리며 식은땀이 났다.

그 이후에는 지난날의 과오를 반복하지 않기 위해 하루에 두 잔 이하로 마시려고 노력한다. 하지만 좋은 커피를 만나면 금세 마음이 설레 여러 잔의 커피를 들이켜는 어리석은 짓을 하곤 한다. 벌렁이는 가슴을 부여잡고 집으로 향하는 길이면 커피를 좋아하는 것은 꽤 힘든 일이구나 하는 생각이 들곤 한다.

취미가 깊어질수록 지갑은 가벼워진다. 커피도 예외는 아니다. 호기롭게 사놓고 어머니께 혼날까 봐 마음 졸였던 드립주전자 가격은 15만 원이었다. 갓 고등학교를 졸업한 내 첫 알바 월급이 30만 원이었으니, 재산의 절반을 덜어낸 셈이었다. 그것은 시작에 불과했다. 이후 구입한 그라인더만 10개 가까이 되고, 새로운 커피 기구가 나오면 닥치는 대로 사들여 주방에 그릇 놓을 곳이 없다며 어머니께 등짝을 맞았던 적도 있다.

프라이팬으로 시작한 로스팅이 결국 작은 수동 로스터를 구입하는 것으로 이어졌고, 을지로를 돌아다니며 사 모은 부품으로 수제 쿨러(로스팅한 커피를 식히는 기구)를 만들기도 했다. 직장에 다니면서는 커피를 위해 여행을 떠났는데, 미국과 일본, 이탈리아를 다니며 커피에 쏟아 부은 돈이 어림잡아 자동차 한 대 가격이다. 그리하여 나는 나이 서른에 쓰린 속과 텅 빈 통장만 갖게 되었다.

커피 덕후에게는 휴가를 가는 일도 마냥 여유 있지 않다. 커피를 좋아하기 시작한 이래, 어딘가로 여행을 가면 꼭 그 지역에서 가장 유명한 카페를 찾아가곤 했다. 한번은 어머니와 미국 여행을 갔는데, 일정 사이사이에 유명한 카페를 들러야만 하는 동선을 만들어 매일같이 커피 세 잔씩 들이켰다. 대학생 토론회 일정으로 잠시 방문했던 교토에서도 가장 먼저 찾은 곳은 카페였다. 가진 돈이 별로 없어 밥도 제대로 못 먹었지만 커피만큼은 풍족하게 마셔야 했기에 밤새도록 빈속에 커피만 마시다 돌아왔다. 케냐와 탄자니아로 배낭여행을 떠났을 때도, 유럽 여행을 갔을 때도, 모든 일정에서 최우선은 커피였다.

그리하여 다른 사람들은 다 간다는 유명한 관광지를 놓친 적도 있고, 카페를 찾기 위해 먼 길을 돌아가느라 발에 물집이 날 정도로 걸었던 적도 있다. 유명한 카페가 많은 곳으로 여행을 갈 때면 하루에 다섯 곳이 넘는 카페를 찾아가 토할 정도로 커피를 마셨고, 집으로 돌아오는 캐리어 속에는 커피와 커피용품을 욱여넣어 추가요금을 물기도 했다. 이쯤 되면 나에게 여행이란 커피를 위해 고통을 참는 순례가 아닐까도 생각해봤다.

좀처럼 영리하지 못한 나의 취미생활은 결코 녹록지 않았다. 보다 영리하고 민첩한 사람이라면 나보다 덜 고생하고 덜 아플지도 모르겠다. 하지만 그것이 어떤 취미든, 취미생활을 영위하는 일은 인내심을 필요로 한다. 고통을 감내할 수 있는 용기 또한 필요하다.

0/3

커피 한 잔의 값어치

그리하여, 취미 왕이 되는 게 뭐가 그리 좋을까 하는 생각이 들 수 있다. 커피를 너무 마셔 위장병을 얻거나 온갖 기구와 원두를 사느라 돈을 탕진하는 일이 전부라고 보일 수 있기 때문이다. 평소 존경하고 따르는 취미 왕이자 커피 칼럼니스트인 심재범의 경험은 하나의 답이 되지 않을까. 그는 화려한 향미 때문에 '신의 커피'라고 불리는 게이샤 커피를 처음 만난 순간에 받은 위로를 시간이 지나도 잊을 수 없다고 했다.

오랜 슬럼프로 직장에서 무척 힘든 시기를 보낼 때, 영국의 어느 카페에서 게이샤로 내린 에스프레소를 처음 맛봤다고 한다. 당시에는 지금과 다르게 게이샤 커피가 무척 귀했는데, 만족스러운 샷이 나올 때까지 수차례 커피를 흘려 버리는 바리스타의 모습이 인상 깊었다고 한다. 약간의 기다림 끝에 커피가 앞에 놓였는데, 한 모금 마시는 순간 그는 소리 내 엉엉 울었다. '보잘것없는 나에게 이렇게 아름다운 것을 내주니, 사는 일이 결코 나쁜 일만 있는 것은 아니다'라는 생각이 들었단다. 인내와 꾸준한 관심으로 취미를 가진다면, 그가 인생의 커피를 만났던 것처럼 누구나 인생에서 손꼽을 만한 감격스러운 순간을 맞이할 수 있다.

제대 후 당차게 입사했던 회사가 바람 앞의 호롱불처럼 흔들릴 때, 나는 하루하루가 불안했다. 함께 일했던 직원들이 하나 둘 나가고, 정해진 운명처럼 퇴사할 날을 기다리고 있었다. 나의 역할은 망해가는 회사를 지키며 지난 사업들을 정리하고, 거래처들에게 사과의 말을 전하는 것이었다. 말이 그렇지, 사실은 대부분의 시간을 멍하니 앉아 있는 허무함의 연속이었다.

그렇게 허무함이 가득하던 어느 날, 회사에 출근하던 아침이었다. 문득 커피 한 잔을 마시고 출근하면 좋을 것 같아 부리나케 지하철에서 환승을 했다. 택시로는 회사에서 멀지 않은 성수동의 한 카페였다. 이 시간에 웬일이냐고 묻는 바리스타에게 아메리카노를 주문했다. 사는 게 녹록지가 않다며, 커피 한 잔을 마시고 싶어 들렀노라고 했다.

마침 찬바람이 불던 초겨울이었는데, 그가 건네준 아메리카노는 온기가 남아 있는 목도리처럼 포근했다. 커피를 다 마신 후 계산을 하려 하니, 바리스타는 손을 내저었다. 해줄 수 있는 것이 이것뿐이라 미안하다면서 말이다. 그 이후 얼마 지나지 않아 백수가 되었는데, 그날의 온기를 생각하며 어려운 시기를 잘 버틸 수 있었다. 나는 늘 보잘것없는 사람이었지만, 커피 한 잔은 언제나 따뜻하고 향기로웠다.

물론 커피가 위로의 순간에만 있었던 것은 아니다. 1,000여 일의 길고긴 군 복무가 끝난 날, 입대를 앞두고 술을 사주었던 바리스타 형 누나들이 카페 문을 닫고 제대 파티를 열어주었다. 오랫동안 준비했던 책이 처음으로 세상의 빛을 본 날에는 글을 쓰는 데 도움을 주었던 많은 커피인을 좋아하는 카페에 불러 기념파티를 했다. 고생 끝에 지금 다니는 식품회사에 취직했을 때에는 그동안 받았던 위로의 커피에 보답하기 위해 방어를 썰고 삼겹살을 구웠다. 자리에 함께한 한 바리스타 형님이 "대학 입학부터 군대, 취직까지 함께했으니, 이제 결혼할 일만 남았구나"라고 얘기했다.

사람과 관계를 맺는 일은 늘 어려웠지만, 언제 마셔도 향기로운 커피와 그 한 잔으로 맺은 인연들이 곁에 있어 주었기에 그럭저럭 사람 구실 하며 살 수 있었다.

커피를 좋아해 커피 마시러 여행을 떠나고 식품회사에 취직까지 했으니 행복해 보인다는 얘기를 많이 듣는다. 사는 일이 고되어 마땅한 취미를 가지기 힘든 세상에, 좋아하는 것 하나로 웃을 수 있으니 부럽다는 얘기도 듣는다. 다 맞는 말이다. 모든 것이 무너져 내 편이 없다고 생각될 때 커피 한 잔을 마주해 위로를 받았고, 커피를 통해 만난 좋은 인연들로 분에 넘치게 즐거운 인생을 살고 있다.

좋아하는 카페를 수십 번 가는 일이, 커피를 마시러 가려고 무작정 배낭을 꾸리는 일이, 커피를 볶아보겠다고 집 안을 연기로 가득 채우는 일이, 누군가에게는 무모하거나 인생을 낭비하는 것처럼 보일 수 있다. 하지만 15년 가까이 커피를 마음에 두고 그 향기를 좇다 보니, 무엇인가를 좋아하고 마음을 두는 일에 헛된 순간은 없다는 것을 깨달았다. 매일같이 한 잔의 커피를 잊지 않는 이유, 취미 왕이 되어 열심히 글을 쓰는 이유다.

1

커피 덕후는 어떻게 살아가는가

1/1

커피와 함께하는 하루

좋아하는 일을 찾아 취직을 했다. 하지만 회사에 다니는 일이 적성에는 좀처럼 맞지 않는다는 생각을 한다. 아무리 열심히 일을 해봤자 나는 고작 회사의 부품일 뿐이라는 생각이 들 때가 많기 때문이다. 후안무치한 일부 '직장의 신'들을 마주할 때면 회의감은 더 깊게 찾아오곤 하는데, 조직에서 살아남기 위해서

나를 버려야만 한다는 고민이 들 때가 많다.

직장생활의 의미를 찾는 것에 지쳐, 평소 따르던 차장님께 고민을 상담한 적이 있다. 얘기를 들은 차장님은 내 말에 공감한다며, 여기에서 일하는 수많은 사람이 다 비슷한 생각을 할 거라고 말해주셨다. 그러면서, 회사를 위해 무엇을 한다고 생각하기보다 스스로의 일상성을 유지하기 위해서 일을 한다고 생각하라고 조언해주셨다. 가령, 사랑하는 사람들과 같이 밥을 먹는 일이나 일상의 소소한 재미를 찾아 시간을 보내는 일을 하기 위해서 일정한 노동을 하는 것이다.

차장님의 얘기를 듣고 나니 조금은 마음이 편해졌다. 동시에, 나 또한 스스로 인식하지 못했다 해도 일상성을 유지하기 위해 부단히 노력하고 있다는 걸 깨닫게 되었다. 매일 한 잔의 커피를 마시는 일처럼 말이다.

어느 날, 회사를 다니면서 가장 행복한 순간이 언제냐고 직장 동료가 물었다. 물론 월급날이 될 수도 있겠지만, 곰곰이 생각해보니 매일 아침 커피를 내리는 순간만큼 기분이 좋을 때가 없었다. 사물함에서 사다놓은 원두를 골라 그라인더에 갈아내는 순간은 종교의식처럼 내 마음을 편안하게 만들기 때문이다. 그렇게 물을 끓여 커피를 내리는 데 걸리는 시간은 고작 10분이지만, 그 시간만큼은 모든 것을 잊고 마음의 평화를 찾을 수 있다. 오늘도 하루를 깨어 있게 해줘 감사하다는 말과 함께 호로록, 고단한 업무의 순간에 또 한 번 호로록. 커피는 내 일과를 지탱하는 힘이 되어준다.

하지만 점심식사 후에는 되도록 커피를 마시지 않으려 한다. 오전에 이미 한 잔 마셨거니와, 퇴근 후에 찾아갈 카페에서 또 한 잔을 해야 하기 때문이다. 좋아하는 커피를 많이 마시는 것도 좋지만, 좋아하는 일이라고 절제 없이 빠져들다 보면 몸도 망가지고 마음도 힘들어진다. 하루에 딱 두 잔, 아침의 커피와 퇴근 후 단골 카페에서 마시는 커피가 나에게는 소중한 일상이자 노동의 이유다.

일상성을 유지한다는 것은 또 어떤 의미를 가질 수 있을까? 카페를 가는 일이 빈번하다 보니, 나의 인연 대부분은 커피와 연결되어 있다. 대부분의 시간을 보내는 것도 커피와 연관되어 있는데, 커피와 관련된 서적은 물론 넓게는 음식 혹은 미각에 대한 책을 읽는 것이 나에게는 큰 기쁨이다. 회사에서 땀 흘려 번 돈으로 나는 이렇게 커피를 마시고, 책을 읽고, 인연을 이어간다. 이 일상은 조금 더 멀리 나가 더 큰 목표가 되기도 한다.

어머니께서 암 투병을 하실 때의 일이다. 어머니의 빠른 쾌유를 위해 매일같이 가족들이 머리를 맞대고 회의를 했었다. 그 과정에서 사진 전문가인 매형과 글을 쓰는 나, 디자이너인 누나가 모여서, 커피에 관한 책을 내면 어떻겠냐는 얘기가 나왔다. 힘든 순간이었지만, 가족의 힘으로 무언가를 할 수 있겠다는 생각이 들었기에 가능한 상상이었다. 다행히 가족들의 노력이 무색하지 않게 어머니는 건강을 회복하셨다.

어머니가 안정을 되찾을 즈음, 이 상상은 현실이 되었고 나는 커피와 함께한 일상을 글로 담은 책을 낼 수 있었다. 소중한 일상이 모여 기적이 되었던 순간, 어머니와 가족들이 모여 출간을 축하했던 자리는 아직도 뭉클한 기억으로 남아 있다.

아침에 눈을 뜨면 오늘은 어떤 커피를 마실지, 누구를 만나 무얼 할지, 그리고 그걸 어떻게 글로 풀어낼지 설레는 마음이 가득하다. 그래서 되도록 정해진 시간 안에 해야 할 일을 끝내고 퇴근하기 위해 노력한다. 새로운 카페가 생기면 한달음에 달려가 커피를 마셔보고, 휴가철이 되면 어디 먼 곳으로 떠나 새로운 커피를 마실 생각에 가슴이 두근거린다. 이렇게 하루하루 일상이 쌓여 글이 되면 그만큼 뿌듯할 때가 없다.

나중에 나이가 많이 들어 누군가 물었을 때, 나는 이렇게 커피를 마시고 글을 썼노라고 말한다면 꽤 성공적인 인생이지 않을까 하는 생각이 든다. 커피 덕후로 사는 삶에 딱히 특별한 것은 없다. 매일같이 커피 한 잔이 있을 뿐이다.

1/2

오만과 편견

에스프레소 10,000원

"형, 이 메뉴판 잘못 쓴 것 같은데요" 오픈을 축하하기 위해 찾아간 카페를 둘러보던 중이었다. 뒤늦게 메뉴판에 쓰여 있는 에스프레소 가격을 보고 놀라 물었다. "어, 그거 맞아." 바리스타는 담담하게 대답했다. 새로 카페를 열면 소문을 듣고 몰려와 에스프레소를 시켜놓고 맛이 이러쿵, 추출이 저러쿵 하며 딴죽을 거는 이들 때문이란다. 심지어는 비싼 돈 들여 어렵게 모셔놓은 에스프레소 머신을 보면서 "이 머신은 이래서 안 좋고, 그러니까 다른 걸로 바꿔야 하는데……"라며 참견을 한다고 했다. 자신이 알고 있는 좁은 지식으로 경험이 녹아든 바리스타의 판단을 무시하는 것이다. 그래서 '커피 좀 마셔봤다'며 이 카페, 저 카페를 휘젓고 다니며 삐딱한 얘기를 흘리는 이른바 '커쟁이'에게 일침을 놓고자 1만 원에 에스프레소를 팔기로 했다는 것이다.

또 다른 이유도 있었다. 카페에서 제일 가격이 싼 메뉴가 에스프레소이지만, 커피를 하는 사람들에게 에스프레소는 가장 공을 들이는 메뉴이기도 하다. 그렇기에 에스프레소를 존중해주었으면 하는 바람이 있었다고 한다. 그 말에 공감하여 웃는 한편으로는 뜨끔하기도 했다. 나 또한 커피깨나 마셨다고 으스대며 도장 깨기 하듯 카페들을 돌아다녔던 적이 있기 때문이다. 커피를 사랑하면서도 커피 하는 사람들에 대한 존중이 부족했기 때문이다.

오만이었다. 주문한 카푸치노를 받으면 바리스타 대회 심사위원이라도 된 양 거품부터 까보니, 정성스럽게 커피를 내준 바리스타는 기분이 나빴을 것이다. 후루릅후

루릅 공기 반 커피 반 입에 머금고 향미를 평가한 적도 있었고, 주변 사람들에게 내가 느낀 커피의 맛을 뽐내기도 했다. 오렌지의 산미가 어쩌고저쩌고 떠들던 모습은 지금 생각해도 부끄럽다.

다행히도 주변에는 마음씨 좋은 커피인들이 많아서 내 말에 귀를 기울여주었다. 기분 나쁠 수 있는 평가를 듣고도 그들은 웃으며 다시 커피를 내려줬다. 그러던 어느 날 누군가에게 이런 얘기를 들었다. 당신은 가볍게 하는 말일지 모르겠지만, 그렇게 가볍게 넘긴 커피는 바리스타에게 생업이자 인생이라고. 생각해보니 맞는 말이었다. 나에게 커피를 내주는 그 커피인들은 하루 종일 커피만 생각하는 삶을 10년 넘게 이어온 사람들이었다. 그렇게 오랫동안 커피만 생각했음에도, 자신이 내준 커피에 울고 웃는 사람들의 표정을 살피는, 커피 한 잔에 모든 것을 쏟아 부은 사람들이었다. 그들이 내준 커피 한 잔을 내가 어떻게 평가할 수 있을까 생각하니 갑자기 눈앞이 아득해졌다.

또 커피에 대한 지식을 알아갈수록, 과거에 내가 잘못된 것이라 판단한 내용의 대부분은 사실은 내가 몰랐던 것일 뿐이라는 점도 알게 되었다. 그 순간 "거의 이해한 것은, 전혀 이해하지 못한 것과 다를 바 없다"라는 필즈 메달 수상자의 명언이 생각났다. 놀랍게도 어느 순간부터, 맛없는 커피를 흉보는 것보다 맛있는 커피에 감탄하는 얘기를 더 많이 하게 되었다. 모르는 것을 알아가기 위해 마음을 열었기 때문이다.

하지만 오만을 덜어냈다고 하여 마음이 편한 것은 아니다. 커피 덕후들은 해묵은 편견—결국 자업자득이지만—과 싸워야만 한다. 가령 "너는 고급 입맛이니, 이런 건 안 먹지?"라는 얘기를 자주 듣는다. 그때마다 고급 입맛이 아니라, 커피를 좋아하고 많이 마시다 보니 취향이 분명해진 거라고 해명하곤 한다. 믹스커피를 즐겨 마시지는 않지만, 남녀노소 누구나 간편하게 즐길 수 있는 그 커피에 대한 동경은 한 번도 버린 적이 없다.

커피 선물 또한 마찬가지다. 입맛이 고급일 테니 사향고양이의 똥에서 채취한 루왁커피 같은 걸 마시냐는 질문을 받은 적도 있었다. 먼 곳을 여행하다 돌아와서는 네가 좋아할 것 같아 사 왔다며 다람쥐 똥 커피, 코끼리 똥 커피 등등을 선물한 사람들도 있다. 바쁜 여정에 내 생각을 해 건네준 선물은 너무나도 감사하지만, 어떤 의미에서라도 동물을 학대하여 만든 커피를 좋게 마실 수는 없다. 많이 마셔본 건 아니지만, 동물의 배설물로 만든 커피는 확실하게 내 취향이 아니기도 했다.

사람들은 묻는다. 그렇다면 너의 취향은 무엇이냐고. 그럴 때마다 나는 답한다. 사랑하는 사람과 마시는 커피가 가장 맛있다고. 또 무엇이 맛있냐고 묻는다면, 지역색이 듬뿍 묻어나는 커피라고 말한다. 카페는 결국 사람들과 함께해야 하므로, 그 카페가 있는 동네 사람들의 입맛을 이해하는 일이 무엇보다 중요하다. 오랫동안 사람들의 취향을 살피며 만들어낸 커피는 다른 곳에서는 마실 수 없는 귀한 커피가 되고, 세상에서 제일 맛있는 커피가 되기도 한다. 그러니 나의 취향은 사람과 커피 사이 어디쯤에 있다고 보면 되겠다. 한때는 오만했으며 또 매일같이 편견과 싸우고 있지만, 커피 한 잔 같이 마실 사람이 늘어난다면 무엇이든 괜찮은 사람이다. 믹스커피도, 에스프레소도, 달달한 캐러멜 마키아토도 말이다.

1/3

극한상황에서 커피 마시기

단골 카페에 점장님과 바리스타 그리고 손님 두 명이 앉았다. 뭐 재미있는 커피 얘기가 없을까 서로 머리를 굴리던 중이었다. 그러다 바리스타가 질문을 던졌다. "여행을 가서도 커피를 마시려고 온갖 커피용품을 다 챙겼어요. 그런데 그만 커피 필터를 두고 온 거예요. 이 상황에서 우리가 할 수 있는 일은 무엇이 있을

까요?"

커피 덕후로서는 상상만 해도 아찔한 일이다. 좋아하는 커피를 마시려고 힘들게 기구들을 챙겨 왔는데 필터를 두고 오다니! 자리에 모인 사람들은 그 안타까움에 가슴을 움켜쥐며 각자의 해답을 내놓았다. 필터 없이 커피를 마시는 건 불가능하니 포기하자는 의견부터, 커피가 가라앉길 기다렸다 가루가 씹혀도 그냥 마시자는 얘기까지 나왔다. 그러자 문제를 낸 바리스타는 실제로 겪은 일이라며, 자기는 필터 대신 티슈를 사용했다고 털어놓았다. 그런데 티슈 가득한 향기가 커피에서도 나서 마치 티슈를 우려 마시는 느낌이었다고 했다.

비슷한 상황이었다. 커피를 좋아하는 사람들끼리 모여서 매주 커피 공부를 했다. 하루는 커피를 마셔야 하는데 1년 묵은 원두밖에 없다면 어떻게 할 것인지 각자 해결해보자는 의견이 나왔다. 어렵게 1년 묵은 원두를 구해서 여러 가지 방법을 시도했던 기억이 난다. 결국 수십 잔을 입에 넣고 뱉기를 반복하고서야, 오래된 커피는 피할 수 있는 한 마시지 않는 게 좋다는 사실을 깨달았다. 그럼에도 굳이 오래된 커피를 마셔야만 한다면 최소한의 추출, 즉 원두를 물에 잠깐 담갔다 빼는 것처럼 해서 그나마 남아 있는(?) 맛있는 부분만 추출해 마시는 것이 좋다는 것도 알아냈다.

이런 사례들처럼, '극한상황에서 커피 마시기'는 그다지 성공적이지 못한 경우가 많다. 하지만 커피 덕후들은 누구보다도 진지하게 상상력을 발휘하며, 그 어떤 상황에서도 커피 한 잔을 마시려고 부단한 노력을 한다. 그렇다면 극한상황을 가정한 이 엉뚱한 연습이 실전에 쓰일 일은 있을까? 물론 있다. 생각보다 빈번하게.

내가 대학에 다닐 때 학교 법인화 반대 투쟁의 일환으로 학생들이 본관 점거에 나선 일이 있었다. 어디선가 모여든 학생들이 각자의 역할을 맡아 결의대회를 준비할 때, 나는 무엇을 해야 하나 고민이 들었다. 역시 커피를 내려야겠다는 생각이 들었다. 각자 자신이 할 수 있는 일들을 하는 모습을 보면서, 내가 가장 잘할 수 있는 일로 가장 든든한 후원을 하고 싶었기 때문이었다. 하지만 투쟁 현장에서 커피를 내리는 일은 만만치 않았다. 투쟁의 노래가 흐르는 뒤로 언제 들이닥칠지 모르는 점거 대응반에 마음 졸이는 혼돈 속에서 수십 명의 학생들에게 커피를 제공하는 일은 그야말로 극한상황이었기 때문이다. 고민 끝에 친하게 지내던 카페들에 도움을 요청했고, 바리스타들로부터 원두와 각종 커피용품을 지원받아 노천 커피 투쟁을 실천할 수 있었다.

바람 부는 학생회관 앞에서 물을 끓이고 커피를 내리기 시작했다. 휴대용 가스레인지로 끊임없이 물을 끓이고 쉴 새 없이 핸드밀을 돌려 원두를 갈았다. 극한상황을 가정한 부단한 연습이 빛을 내는 순간이었다. 연사들의 발언이 이어지고 함께 노래를 부르는 동안 일일 스태프로 자원한 친구들이 커피를 배달했다. 일종의 후원금을 받아 커피 값을 대신하기도 했는데, 생각보다 많은 돈이 모여 학생회 후원금으로 전달했다. 마지막엔 학생들 앞을 비겁하게(?) 지나가는 총장님께 커피 한 잔 권하기도 했다. 물론 총장님은 무응답으로 거절 의사를 밝히셨지만.

커피를 마셔야 한다는 의지는 시간과 장소를 가리지 않는다. 사병으로 군 입대를 할 경우 환경의 제약이 이루 말할 수 없기에, 비교적 자유로운 커피생활을 위해 복무 기간이 두 배나 긴 학사장교의 길을 택했다. 단체 숙소에서 커피를 마시기 위해 새벽부터 그라인더를 갈아대다 동기들의 눈총을 받았고, 결국 화장실에 들어가 원두를 갈았던 적도 있었다. 긴급하게 작전실로 출근해야 할 것에 대비해 언제든 레디-투-고 커피를 만들어놓기도 했다. 냉침 커피를 만들어 늘 냉장고에 보관해둔 것인데, 유용하게 썼던 적이 한두 번 아니었다. 타 부대로 훈련을 나갈 일이 있을 때면 드립백을 챙겼고, 군용품을 활용해 맛있는 커피를 내리는 방법을 고안해내기도 했다. 그러다 보니 커피 내리는 장교로 부대에 이름이 났고, 시시때때로 부대 사람들과 커피 타임을 가질 수 있었다. 말년에는 커피 강사로 초빙되어 간편하게 커피를 즐기는 법으로 강의를 진행하기도 했는데, 덕분에 제대 후에도 한동안 부대원들에게 커피에 관련된 문의 전화를 받았다.

모름지기 커피 덕후라면 겪었을 만한 일이다. 언제 어디서든 커피를 볶고-내리고-마실 수 있는 기술을 습득하고서야 비로소 커피 좀 마신다고 방귀 뀔 수 있는 것이다. 그러니 연습을 게을리하지 말자. 언제 어떤 상황이 닥칠지 모르니 말이다.

1/4

지속가능한 덕질을 위하여

며칠 동안 옆구리 아래쪽이 더부룩했다. 특히나 운전을 하고 있으면 답답해서 몇 번이나 허리를 뒤로 젖히곤 했는데, 기분이 좋지 않았다. 걱정은 그날 저녁부터 시작되었다. 잠도 잘 오질 않아 남몰래 인터넷으로 증상에 대해 찾아보기도 했다. 그러다가 증상이 나아지기 시작했다. 배에 가득 차 있던 가스가 뿡뿡 나오고, 며칠 동안 소식이 없던 대변이 나오면서부터다. 생각해보니 변비 증상이었음이 분명했다.

그 후로도 같은 증상이 찾아올 때가 있었지만, 선물 받은 유산균을 꾸준히 복용하면서 건강한 장을 회복했다. 놀랄 것도 없었다. 커피를 마시기 시작한 15년 내내 자주 겪은 일이었다. 혹여나 커피 과다 복용으로 건강에 이상이 생기지 않을까 걱정이 돼 내시경 검사도 했지만, 건강한 위장을 자랑하고 병원을 나온 적도 있었다.

하지만 근심이 기우였다는 사실을 깨닫고도 마음을 놓지 않는다. 가능한 한 오랫동안 커피를 마셔야 하는데, 몸이 아프면 가장 먼저 끊어야 하는 것이 커피이기 때문이다. 그리하여 세워둔 두 가지 규칙이 있다. 첫째, 커피를 빈속에 마시지 않는 것이다. 커피는 위장의 운동을 활성화시키기 때문에 빈속에 마실 경우 자칫 부담이 될 수 있다. 가령, 모닝커피는 아침밥을 챙겨 먹은 후에 마신다는 규칙을 세워두었다. 둘째, 하루 두 잔을 초과하는 커피를 마시지 않는 것이다. 물론 카페에서 일을 할 때, 외국에 카페 투어를 가거나 특별한 행사가 있는 경우는 이 규칙을 못 지켰다. 하지만 대부분의 경우 하루에 마실 커피를 계획하고, 예정에 없는 카페 방문을 했다면 카페인이 없는 음료를 시키는 기지(?)를 발휘하곤 한다.

하지만 이 방법 또한 완벽하지 못해 부작용이 일어날 때가 있다. 일본에서 커피 여행을 할 때의 일이다. 2박 3일이라는 한정된 기간에 열다섯 곳이 넘는 카페를 가야 했기에(가고 싶었기에) 규칙을 지키지 못할 듯했다. 가고 싶은 카페를 포기할 수 없으니, 대신 카페를 가는 사이사이 꼬박꼬박 밥을 챙겨 먹기로 했다. 그러다 보니 하루에도 네다섯 끼를 먹게 되었고, 여행이 끝날 무렵에는 과하게 살이 쪄 있었다. 커피 한 잔에 밥값을 더하여 지불하니 지갑이 빠른 속도로 가벼워지는 것은 또 다른 부작용이었다.

"커피를 잘 못 마십니다." 업무상 미팅이 있거나 낯선 사람들과 시간을 보내야 할 때면 카페인이라면 질색하는 사람이 되곤 한다. 아침에도 커피 한 잔을 마셨고, 저녁에는 새로 문을 연 카페에서 커피를 마셔봐야 하기 때문이다. 이처럼, 계획된 커피가 아니라면 단호히 거절하고, 또 심한 경우에는 카페인이라면 질색하는 연기를 하기도 한다. 한번은 오랜만에 동창들을 만나 카페에 갔는데, 모두 커피를 마시는데 나만 다른 메뉴를 주문한 적이 있었다. 식품회사에 다니더니 그렇게 좋아하던 커피에 질렸냐는 놀림을 받는 것은 당연한 일이었다.

대체로 나는 용기와 결단력이 부족한 삶을 살아왔지만, 지속가능한 커피생활을 영위하기 위해 누구보다도 용기를 냈으며 나폴레옹이 울고 갈 만큼 결단력 있게 행동했다. 최근에는 매일 아침 양배추즙을 마시기 시작했다. 더 건강한 위장을 갖기 위해서다. 매일 두 잔의 커피를 마시기 위해서는 삼시세끼를 꼬박 챙겨 먹는 게 좋다고 생각해 웬만하면 식사를 거르지도 않는다. 타고나기를 부지런함과는 거리가 먼 사람이지만, 건강하지 않으면 커피도 없다는 생각에 운동도 꾸준히 한다. 지속가능한 덕질은 이렇게 힘든 일이다.

1/5

커피미학

"미학이 뭐예요?"

"왜 미학 전공하고 식품회사에서 일해요?"

미학과를 나왔다고 하면 가장 많이 받는 질문이다. 첫 번째 질문에 대한 답은 나도 잘 모른다. 한 시간이 넘는 통학 거리를 종종 자전거를 타고 다녔고, 체력 방전으로 수업시간에는 꾸벅꾸벅 조는 일이 다반사였기 때문이다.

졸업 후에 대학원을 진학하고 싶다는 말에 지도교수님께서는 "천만 원 줄 테니 카페나 열어"라고 말하셨는데, 오랜 시간 학문을 곁에 두며 쌓아온 지혜가 담긴 조언이었다. 미학이 무엇인지도 모르는 제자가 갈 길을 잃어 방황할까 걱정도 되셨을 테고, 또 기왕이면 돈이라도 좀 벌 수 있는 일을 하는 게 좋겠다고 생각하셨던 것 같다.

하지만 철학과 나와서 무얼 하냐는 말에 '철학관 차리려고 한다'는 농담 정도 하고 싶어서, 전공과 관련하여 자주 받는 질문들에 대한 답을 생각해두었다. 각종 면접이나, 어쩔 수 없이 전공을 드러내야 하는 사회생활에서 써먹기 위함이었다. 미학의 주된 연구 분야 중 하나는 취미론이고, 취미론은 '좋아함Liking'이라는 가치지각 행위에 관해 탐구한다. 전공 서적을 읽다 흥미로운 부분을 발견했는데, 취미론이 다루는 대상이 반드시 예술작품일 필요가 없다는 말이었다. 자연부터 시작해 예술작품 그리고 커피까지, 모두 미적 탐구의 대상일 수 있다는 것이다. 그러니 대학에서 나는 '어떤 것을 좋아하는 행위'에 관해 탐구했고, 졸업 후에는 '커피를 좋아하는 행위'에 빠져 지내다 식품회사에 온 것이다. 음대 나와서 피아노 옮기는 일을 한다는 말처럼 어처구니가 없지만, 전공과 관련된 질문에 대한 대답은 일단 이런 식으로 얼버무린다.

대학 시절부터 따르던 교수님과 만나 커피를 마실 때의 일이다. 마시던 커피를 소개하다가 '커피 플레이버 휠'에 관한 설명까지 하게 되었다. "플레이버 휠에 나오는 맛의 표현들은 실제 그 맛을 뜻하는 것이 아니에요. 가령 커피에서 사과 맛이 난다고 말했다고, 그 맛이 사과의 실제 맛과 정확히 일치하지는 않아요." 그러자 교수님은 이렇게 말씀하셨다. "이 휠은 결국 누구도 규정할 수 없는 커피 맛을 표현하기 위해 고안된 것이네. 여러 사람들의 경험을 축적하고 그것으로 언어를 만들어낸 것이구나. 그러고 보니 우리가 항상 고민하는 것들이 여기 이렇게 있네!"

미학에서는 아름다움이 무엇인지 규정하기 위해 끊임없이 논쟁하고, 예술계에서는 작품들을 평가할 기준을 마련하기 위해 갖은 방법을 동원한다. 1 더하기 1이 2라는 명백한 사실과는 달리, 아름다움은 그 어떤 단어로 규정하거나 선을 그을 수 있는 것이 아니기 때문이다.

물론, 커피의 언어가 플레이버 휠에 전부 담겨 있다고 볼 수는 없다. 하지만 보편적이고 이상적인 하나의 커피 맛을 두고 옳고 그름을 따지는 것이 아니라, 경험의 축적으로 형성된 언어로 맛을 기록하고 커뮤니케이션한다는 측면에서 플레이버 휠은 커피가 가진 힘을 보여준다. 메쉬커피의 바리스타 김현섭은 나의 전작《열아홉 바리스타, 이야기를 로스팅하다》에 실린 인터뷰에서 이런 이야기를 했다. "저에게 스페셜티 커피는 보드와 같아요. 어느 곳에서나 보드를 들고 있으면 일면식도 없는 보더들이 말을 걸어와요. 상대방이 고수든 입문자든 스스럼없이 서로 가르쳐주고 배우죠. 스페셜티 커피도 마찬가지입니다. 국적에 상관없이 스페셜티 커피에 관심 있는 바리스타들은 자유롭게 생각을 나눌 수 있거든요." 사람들은 커피를 좋아한다는 이유만으로 서로의 소중한 시간들을 나누곤 한다. 커피 앞에서는 국경도 없고 차별도 없다.

돌이켜 생각해보니, 커피를 좋아하는 과정은 내가 여태껏 해왔던 일 중에 가장 미학적인 일이었다. 또 미학과를 졸업하고 식품회사에 다니게 된 것도 그다지 별난 일이 아니라는 생각이 든다. 그리하여 더 열심히 커피를 마시고, 커피에 관한 글을 써야겠다고 다짐했다. 스무 살이 된 이래 배운 것이 미학이고, 졸업 후에도 했다는 일은 커피를 마시거나 커피가 가진 아름다움에 대해 떠든 것이 전부이기 때문이다.

이쯤 돼서 지도교수님의 '천만 원 조언'에 대해 다시 한 번 곱씹어본다. 커피를 마시는 일이 미학을 공부하는 일과 다름이 없으니, 평생 커피만 마시라는 소중한 조언이 아니었을까.

2

맛있는 커피를 찾는 모험

2/1

좋은 카페를 고르는 기준

카페가 커피만을 파는 공간일 이유는 없다. 본디 카페라는 말은 그저 커피가 있는 공간을 의미했으므로, 카페에서는 커피와 함께 무엇이든 팔 수 있었다. 넓게 해석하면 맛있는 음식과 술을 파는 공간도, 심지어는 커피를 팔지 않아도 카페라고 부를 수 있다. 하지만 이 글에서는 카페를 주로 커피를 팔고 마시는 데 목적을 둔 공간으로 한정할 것이다.

'좋은'이라는 단어 또한 누구의 취향을 따르느냐에 의해 그 의미가 달라질 수 있다. '그이는 사람은 참 좋아'라는 말이 많은 해석을 담고 있듯 말이다. 누구는 도덕과 윤리에 그 잣대를 둘 수도 있고 또 누구는 한없이 감수성에 기대 좋음의 기준을 둘 수 있다. 그렇게 되면 좋은 카페를 추천하는 것이 의미가 없을 수 있으니, 여기서 '좋다'는 말은 사람이 마시기에 마땅한 음료로서 커피를 평가하는 기준으로 사용할 것이다.

좋은 카페를 추천한다는 말이 이렇게나 무겁다. 또 커피 만드는 일을 직업으로 둔 사람들을 보며 좋고 나쁨의 기준을 세운다고 생각하면, 내가 무슨 함무라비도 아닌데 그런 것을 내세워서 무엇하나라는 회의도 든다. 그렇다고 세상의 모든 카페를 다 사랑하기에는 우리 혀는 짧디짧고 시간도 부족하다. 그리하여 고민 끝에, 몇 가지 원칙을 마련해보고자 한다.

첫째는 위생이다. 커피는 서빙이 되는 순간 바로 사람의 입에 들어가는 음식이다. 깨끗하지 못한 카페는 위생적이지 못한 음식을 파는 식당이나 다름없다. 무례하게 보일 수 있겠지만, 낯선 카페에 들어서면 바Bar의 안쪽을 둘러보는 이유다. 머신은 깨끗하게 청소되어 있는지, 커피 잔들은 잘 닦여 있는지를 살펴본다. 사람이 하는 일이라 실수가 있다는 점을 감안해도, 도무지 이해할 수 없는 불결함을 발견하면 단박에 문을 차고 나온다.

둘째는 역할 분담이다. 좋은 커피를 만드는 일은 최고의 평양냉면을 만드는 일과 다르지 않다. 냉면을 만드는 주방장이 메밀을 직접 길러 제분을 하지 않듯, 커피를 만드는 일 역시 각각의 역할이 분명하다. 그리하여 추출과 로스팅을 전문가의 영역으로 인정하는 공간을 좋은 카페의 기준으로 삼곤 한다.

물론 이 업계에도 천재는 있게 마련이라, 홀로 생두를 구입해 로스팅을 하고 추출하기에도 빈틈없이 완벽한 이도 있다. 하지만 대부분의 경우는 그 역할에 대한 존중이 부족하여 스스로 다 잘할 수 있다는 오만이 가득할 뿐이다. 한 잔의 커피가 만들어지기까지의 모든 과정을 존중하는 곳을 기준으로 삼는다면, 어렵지 않게 좋은 카페를 찾을 수 있다.

셋째는 과유불급이다. 손가락으로 꼽기 힘들 정도로 다양한 원두로 커피를 만드는 일에는 그만한 노력이 따라야 한다. 더군다나 직접 로스팅을 하여 판매한다면 그 많은 종류의 생두를 로스팅하기 전까지 신선하게 보관할 수 있어야 한다. 또 로스팅한 원두를 상미 기간 내에 소진하고, 그러고도 남은 것들은 버려야 한다. 이 원두를 추출하기까지 한다면, 그 각각의 커피를 내리는 데 있어 최적의 조건을 찾는 것 또한 신경 써야 한다.

카페에서 제공하는 모든 메뉴가 그렇다. 어떤 음료든, 그것에 들어가는 모든 재료는 위생적으로 신선하게 관리되어야 하며 또 최적의 상태로 고객에게 제공되어야 한다. 기본적인 메뉴일지라도, 한 잔의 음료가 만들어지기까지는 부단한 정성이 들어간다. 그 어떤 메뉴라도 그렇게 최선을 다할 수 없다면 만들지 않는 것이 정답이다.

하지만 이렇게 말을 하고 나니 마음에 걸리는 카페들이 있다. 그중 하나는 내가 처음 커피를 맛보고 사랑에 빠져들었던 공간이다. 아주 오랜 시간 동안 카페와 함께하며 커피 한 잔에 관련된 모든 일을 관장하는 마스터가 있던 공간이다. 그 밖에도, 원칙을 세우기 무색할 정도로 멋진 커피를 내주었던 공간들이 기억 속에 남아 있다. 그들 앞에서 바리스타의 역할을 운운하며 좋은 카페의 기준을 언급하는 것은 건방진 일일지도 모른다.

그리하여 이 모든 기준에 가장 앞서서 두어야 할 하나의 규칙을 정하고자 한다. 편견 없이 최대한 많은 카페에 가보는 일이다. 세상의 모든 커피를 다 사랑하겠다는 마음으로, 그 모든 커피를 즐기는 것이다. 스스로의 취향을 알아가는 일은 모든 기준에 앞선다. 그리고 그 취향은 훌륭한 안목이 되어 좋은 카페를 단박에 알아볼 수 있는 초석이 될 것이다.

2/2

늦여름의 커피가 맛있는 이유

"파나마에서 구입한 커피가 지금 배에 실리고 있을 거예요. 조금만 기다리면 도착하니 맛있게 볶아서 보내드릴게요." 연초에 산지를 다녀온 로스터가 귀한 소식을 전해준다. 무더운 여름이 시작될 무렵이었다. 신선한 커피가 우리나라 항구에 도착하는 8월 말 즈음엔 맛있게 볶은 커피를 맛볼 수 있다는 말이다.

늦여름의 커피가 맛있는 이유가 있다. 여름의 끝, 시원한 카페에 앉아 마시는 얼음이 자글자글한 아이스 아메리카노를 누가 마다할 수 있을까. 하지만 이렇게 결론을 내버리면 커피 덕후라고 하기에는 섭섭할 테니 좀 더 과학적인 설명을 찾아야 한다.

커피도 농산물이다 보니 제철에 막 수확한 햇커피가 가장 맛있다. 특히나 커피가 가진 본연의 맛과 향을 강조하는 스페셜티 커피의 경우, 신선함은 좋은 커피를 판단하는 매우 중요한 기준이다. 커피는 커피나무 열매의 씨앗이다. 커피 열매를 수확해 과육을 제거하고 말린 씨앗을 생두라 하는데, 생두는 로스팅이 되기 전까지 남아 있는 유기물질을 산화시키며 호흡을 한다. 이 영양분이 유지되는 기간은 보통 1년이며, 이 기간이 지난 생두는 어떻게 로스팅을 해도 생동감이 부족해 자칫 건초를 우린 듯한 맛이 나기도 한다. 그래서 갓 수확되어 보관 기간이 1년을 넘기지 않은 생두를 뉴 크롭new crop이라고 부르며 기준으로 삼는다. 한 해를 넘긴 것은 패스트 크롭past crop, 여러 해를 묵혀둔 것은 올드 크롭old crop이라고 한다.

일본 도쿄, 긴자에서 80년 동안 한자리를 지킨 람브르라는 카페에서는 짧게는 몇 년, 길게는 20~30년간 생두를 묵혔다가 로스팅을 한다. 오랜 경험을 바탕으로 장기 숙성을 염두에 두고 커피를 관리했기 때문에 가능한 일이다. 이렇게 아주 특별한 경우를 빼곤 대부분의 커피는 신선할수록 마시기에 좋다.

산지에서 생두를 가져오는 우리나라의 그린빈 바이어들은 대체로 2~5월께 산지로 향해 작황을 살피고, 한 해 동안 판매할 커피를 결정한다. 아프리카 대륙의 에티오피아와 케냐, 아시아 대륙의 인도, 그리고 코스타리카와 과테말라 등 중앙아메리카의 커피 산지는 대부분 12월에서 이듬해 3월까지가 수확철이다. 그래서 중남미를 중심으로 최고의 커피를 뽑는 옥션인 '컵 오브 엑설런스COE'의 일정은 대부분 봄과 여름에 몰려 있다. 이들 커피 생두가 가공되어 현지 항구로 옮겨져 선적되는 시기는 빠르면 5월 정도. 그 커피들이 항해를 마치고 한국 항구에 도착하는 시기가 대략 6월 말이고, 본격적으로 유통되기 시작해 우리가 이 커피를 만나는 시점은 여름의 끝과 얼추 맞물린다.

물론 브라질, 콜롬비아 등의 산지는 1년 내내 커피를 수확하며, 아시아의 산지들도 품종과 지역에 따라 수확 시기가 다르다. 또 최근에는 기후변화로 인해 커피를 수확하는 시즌이 해마다 달라지기도 한다. 또 물류 시스템의 발전으로 생두를 원하는 시기에 받아올 수 있는 환경이 갖춰지고 있기도 하다.

여름 끝의 커피가 맛있는 이유는 또 하나 있다. 로스터도 사람인지라 여름에는 유독 지친다는 얘기를 많이 한다. 초여름에 찾아오는 장마와 높은 습도, 그 이후로부터 하늘 높은 줄 모르고 치솟는 기온 때문이다. 생두를 보관하는 환경도 나빠질뿐더러, 작년 늦여름부터 들여온 생두들이 동나기 시작하는 '보릿고개'도 커피 맛이 무뎌지는 데 한몫한다.

그렇게 힘겨운 여름이 지나면 그 끝에서부터 바람도 시원해진다. 싱그러운 생두가 도착하고 무더위도 누그러지면 커피는 꽃을 피운다. 조금만 더 기다려 가을이 찾아오면 새로 들여온 커피들이 여기저기서 맛과 향을 뽐내니, 그 맛은 가을 하늘처럼 완연하게 아름다워진다. 테라스에 앉아 따뜻한 커피를 마셔도 부담스럽지 않은 시원한 바람이 불어올 때 유독 기억에 남는 커피가 많은 이유다.

그렇다면 과연 싱싱한 햇커피(뉴 크롭)는 어떻게 해야 만날 수 있는 걸까? 우선 국가별, 농장별 수확 시즌은 인터넷을 통해 쉽게 확인할 수 있다. 또, '컵 오브 엑설런스'

를 비롯해 각종 커피 옥션의 공식 홈페이지를 통해 한 해의 일정을 체크할 수 있다. 생산지별 생두의 좀 더 구체적인 국내 입고 일정을 알아보려면 '다이렉트 트레이드'를 하는 커피 업체들의 SNS 계정과 홈페이지를 통해 확인하는 것도 하나의 방법이다. 어찌 됐든 구입한 커피가 국내에 도착해야 하기 때문에, 가장 효율적인 방법은 국내 업체들의 입고 소식을 체크하는 것이다.

이제 막 수확되어 배에 실린 커피들을 생각해보라. 제철에 맞춰 마시는 커피는 생동감이 넘친다. 그런데, 다시 생각하면 과연 여름의 끝에서 마시는 커피만 맛있었나 싶다. 가을이 무르익었을 때의 커피는 어떤가. 바야흐로 로스터들이 새로 들여온 생두의 성질을 이해하고 그 맛을 제법 뽑아내기 시작할 때다. 방금 내려 마시고 있는 커피가 딱 그 예시인데, 한 모금 머금으니 잘 익은 단감마냥 달콤하고 고소하다. 계절이 더 지나 겨울이 되면 수북하게 쌓인 눈을 바라보며 마시는 따뜻한 커피가 제법 맛있을 것이다. 봄에 피어오르는 꽃향기에 취하면 어떤 커피를 마셔도 기분이 좋다. 여름이 시작될 즈음의 커피는 뉴크롭이고 패스트 크롭이고 얼음만 동동 띄우면 시원하게 꿀꺽꿀꺽 넘어간다.

결국에는 커피에 대한 관심과 사랑이다. 내가 마시는 커피 한 잔이 어떻게 만들어졌는지 관심을 가지면 뉴 크롭이 아니더라도 커피가 맛있는 수많은 이유를 알 수 있다. 그러니 마음 놓고 푹 빠져보자. 맛있는 커피는 어느 계절에도, 어느 순간에도 있을 테니까.

2/3

어떤 커피를 주문할까

중학교 2학년이었던 2003년, 커피 전문점에 들어가 커피를 마시는 일은 엄청난 용기를 요구했다. '쫄지 마, 당당하게 주문해야 해'라고 주문을 외우며, 힘차게 커피 전문점의 문을 열었다. 메뉴판의 글자들이 흐릿하게 보였지만, 당황하지는 않았다. "에, 에스프레소 한 잔이요"라고 나는 주문했다. 당돌한 나의 주문에 바리스타 또한 당황한 기색을 보이며 말했다. "그거 정말 쓴데요." 나는 떨리는 목소리로 대답했다. "알아요, 주세요." 그렇게 처음 마신 에스프레소는 부끄러움을 가득 담은 쓴맛이었다.

어디선가 주워들은 '에스프레소'라는 단어는 그럴싸해 보였다. 당시에는 커피 전문점에 드나드는 것 자체가 흔한 일은 아니었던 데다 에스프레소 한 잔을 주문해 바에서 꿀떡 한 잔을 마시고 매장을 나서는 모습이 왠지 멋있어 보였기 때문이었다. 그리고 무엇보다도 에스프레소는 프라푸치노나 과일주스가 아닌 '커피 메뉴' 중에서 가장 싸기도 했다. 지금이야 핸드드립 커피나 브루잉 커피가 메뉴에 있는 프랜차이즈 카페도 있지만, 당시에는 비교적 역할이 구분되어 있었다. 에스프레소 전문점에서는 브루잉 커피를 취급하지 않았고, 핸드드립을 주로 다루는 커피 전문점에서는 에스프레소가 중요한 메뉴가 아니었던 것이다.

부끄러움만이 가득했던 그때로부터 15년이 흘렀지만, 역시나 나는 에스프레소가 무엇인지 또 브루잉 커피가 무엇인지 똑부러지게 설명할 수 없다. 이는 비단 나만의 고민은 아닐 것이다. 수많은 커피 교본과 교재가 있지만,

어떻게 내려야 온전한 한 잔의 에스프레소가 되는지 그 누구도 확답을 할 수 없다. 브루잉이라는 단어의 정의도 마찬가지다. 일반적으로 에스프레소 머신을 사용하지 않는 핸드드립 방식이나 사이폰, 에어로 프레스 같은 브루잉 툴, 찬물에 오랫동안 커피를 녹이는 콜드브루 등 중력의 힘이나 미량의 압력을 이용해 커피를 내리는 방법을 브루잉Brewing이라고 정의한다. 하지만 브루Brew는 말 그대로 커피를 우려낸다는 뜻으로, 본질적인 의미를 따지자면 우리가 마시는 커피는 넓은 의미에서 모두 브루잉에 속한다고 할 수 있다. 에스프레소 또한 마찬가지다. 꼭 에스프레소 머신을 이용하지 않아도 에스프레소를 추출할 수 있는 방법은 다양하기에, 최근에는 에스프레소도 브루잉에 속한다고 말하는 사람들이 있다.

에스프레소의 일반적인 의미는 높은 압력으로 뜨거운 물을 투과시켜 단시간에 추출한 커피라고 할 수 있다. 가령 어딜 가나 쉽게 만날 수 있는 에스프레소 머신이나 모카포트 등으로 고온의 물과 고압을 사용해 소량의 커피를 추출한다면 그 결과물을 에스프레소라고 칭해도 좋을 것이다.

이 에스프레소를 기반으로 한 메뉴들이 아메리카노, 카페라테, 카푸치노, 플랫화이트, 룽고 등이다. 거의 모든 카페에서 볼 수 있는 아메리카노는 에스프레소를 따뜻한 물과 합친 음료다. 카페라테와 카푸치노는 모두 에스프레소와 우유가 결합한 음료인데, 두 음료를 구분하는 기준은 따뜻하게 데운 우유Steamed Milk와 거품을 낸 우유Foamed Milk의 비율이다. 라테의 경우 데운 우유의 비율이 거품을 낸 우유의 비율보다 높고, 카푸치노는 그 반대다.

정해진 것은 여기까지다. 최근 메뉴판에서 자주 볼 수 있는 플랫화이트는 나라마다, 카페마다 각자 다른 레시피를 가지고 있는 대표적인 메뉴다. 또 스타벅스의 프라푸치노같이 전통적인 레시피를 응용해 새롭게 만들어낸 메뉴도 있다. 이탈리아의 전통 디저트인 '프라페'는 커피를 활용한 아이스 음료인데, 프라푸치노는 이 메뉴를 본떠 블렌더에 얼음과 커피 그리고 각종 부재료를 넣고 갈아내 자신들만의 시그니처 음료를 만든 것이다.

에스프레소를 기반으로 한 커피가 아니라면 일반적으로 브루잉 커피라고 부른다. 브루잉은 에스프레소보다 낮은 압력 혹은 중력에 의존해 커피를 추출하기 때문에 추출 시간이 비교적 긴 편이다. 대표적인 추출 방식인 핸드드립은 한국과 일본을 중심으로 그 문화가 발달해 있다. 드리퍼(커피를 여과시키는 깔때기)에 필터(여과지)를 깔고 갈아둔 원두를 넣어 천천히 물을 흘려 추출하는 방식인데, 드리퍼의 종류와 물줄기를 흘려 내리는 방식에 따라 그 맛이 천차만별이다.

추출할 때 물줄기의 섬세한 조절을 중요시했던 과거와는 달리, 최근에는 분량의 물을 붓고 기다리거나 막대로 휘젓는 등 다양한 시도가 이뤄지고 있다. 혹자는 이를 핸드드립과 푸어오버Pour Over 방식의 차이라고 말하는데, 드리퍼를 여과해 커피를 추출한다는 점에서 두 방식은 서로 닮았다. 이외에 굵게 간 원두에 물을 붓고 커피만 걸러내는 프렌치 프레스, 주사기 모양으로 미량의 압력을 가해 추출하는 에어로 프레스, 진공의 원리를 활용한 추출 기구인 사이폰 등 다양한 추출 기구가 있다. 최근에는 에스프레소와 브루잉의 경계를 무너뜨리는 추출 기구들도 등장하고 있다. 좀 더 맛있는 커피를 추출하는 데 교과서처럼 경계를 짓고 규정을 내리는 것은 불필요하다. 그러니 낯선 추출 방식을 발견했다고 해서 당황하지 말자.

핸드드립 메뉴는 대체로 커피 원산지별로 구성되어 있다. 브라질, 코스타리카, 인도, 케냐 등이다(더 좁혀 안티구아, 타라주 같은 행정구역명, 때로는 농장 이름까지 쓰기도 한다). 거기에 덧붙여 어떤 카페들은 자신만의 이름을 붙여 '○○ 블렌드'라는 메뉴를 내주기도 한다. 그렇기에, 싱글 오리진과 블렌드의 차이점을 알아두는 것은 맛있는 커피를 마시기 위한 또 하나의 중요한 포인트가 될 수 있다. 싱글 오리진은 말 그대로 단일한 종류의 커피를 의미하는데, 원산지별 원두 고유의 캐릭터를 그대로 즐길 수 있는 장점이 있다. 반면 블렌드는 싱글 오리진 커피가 가진 장점을 구조화해서, 향수를 만들 때 조향하듯 적당한 비율로 여러 종류의 원두를 섞는 것을 의미한다. 블렌드를 만드는 주된 목적은 균형감과 깊이감을 더하기 위함인데, 최근에는 스페셜티 커피 시장의 성장으로 고품질의 원두가 많아지면서 단종(싱글 오리진) 자체로도 훌륭한 블렌드를 뛰어넘는 경우도 있다.

원두를 고르는 일에 정해진 답은 없다. 같은 원두라고 해도, 어제 다르고 오늘 다르기 때문이다. 그날의 원두 상태를 살피는 일 또한 바리스타의 주된 업무다. 오늘 나에게 가장 맛있는 커피를 고르고 싶다면 바리스타에게 물어보자. 그 순간 가장 빛나는 원두를 골라줄 것이다.

마찬가지로, 메뉴를 주문하는 일에 있어서도 정답은

없다. 한 가지 지켜야 할 법칙이 있다면, 메뉴판에 없는 메뉴는 시키지 않는 것이다. 가령 메뉴에 아이스 음료로 제공하지 않는다고 표시되어 있다면, 굳이 시원하게 마실 생각을 하지 않는 것이 좋다. 주방에 휘핑크림이 보인다고 해서 메뉴판에 있지도 않은 아인슈페너를 시켜서도 안 된다. 메뉴판에 없는 메뉴는 준비가 되지 않은 메뉴이며, 시켜도 맛없을 확률이 높다. 무얼 마실지 고민이 된다면 바리스타에 추천을 요청하자. 역시나 오늘 가장 맛있게 마실 수 있는 메뉴를 추천해줄 것이다.

2/4

커피 맛을 기억하려는 까닭

처음으로 드립커피를 내려 마실 때의 일이다. 나는 친구에게 맛 표현을 부탁해 그것을 일기처럼 기록하곤 했다. 부들부들 떨리는 손으로 힘들게 커피를 내리면, 친구는 후릅후릅, 입안에서 커피를 굴린 후 진지하게 그날의 커피 맛을 표현했다. 초원을 달리는 소녀의 치맛자락, 어린 아이의 몽당연필, 브라질 광부의 땀방울……. 도무지 바리스타들이 쓰는 용어가 익숙지 않았던 친구와 나는 우리만의 방법으로 커피 맛을 표현했던 것이다. 방법은 무모했지만, 그날의 말도 안 되는 표현들은 지금도 그 커피 맛을 떠올리게 한다. 어떤 형식에도 얽매이지 않고 꾸준히 관찰하고 기록하는 일은 커피 맛을 기억하는 가장 원초적이면서 멋진 방법이었다.

커피를 마시고 난 감상을 기록한 이유는 좀 더 다양한 커피를 맛보기 위해서였다. 어떤 커피를 어떤 느낌으로 마셨는지를 기억하면 새로운 커피를 추천받기도 쉽고, 좋았던 커피는 어디서든 다시 찾아서 마실 수도 있다. 또 기록이 누적되다 보면 모호하기만 한 커피 맛에 대해 어느 정도 기준점을 세울 수 있기 때문이다. 처음으로 커피 맛을 기록했던 이래, 좋은 커피를 만나면 메모장이든 SNS든 나만의 언어로 그 맛을 기록해 저장해두곤 했다. 덕분에 어딜 가서도 내 취향에 맞는 커피를 찾아 마시는 일이 어렵지 않게 되었다.

하지만 커피 한 잔을 두고 다른 사람과 소통하기 위해서는 공통의 언어를 습득하는 일도 필요하다. 가령 저 멀리 브라질에서 고생 끝에 맛있는 생두를 들여왔는데, 거래처 로스터들에게 “브라질 광부의 땀방울 맛이 난다”고

하면 생두 사업은 하루가 다르게 쇠락의 길로 접어들 것이다. 커피에 본격적으로 관심을 가졌다면, 나아가 직업으로 둘 생각이 있다면, 커피인들이 공통으로 사용하는 언어에 대해 알아둘 필요가 있다.

공통의 언어는 커피가 가진 테루아에 따른 맛을 표현하기 위해 만들어졌다. 테루아는 품종부터 토양, 재배 등 커피가 자라는 자연적 요소들의 총체를 의미한다. 커피의 맛은 기본적으로 테루아에 의해 결정되는데, 흔히들 말하는 커피의 원산지별 특징은 바로 이 테루아를 의미한다고 해도 과언이 아니다.

커피 본연의 맛과 향을 강조하는 스페셜티 커피 시대(커피 제3의 물결)에는 이 테루아를 파악하는 일이 무엇보다도 중요하다. 각각의 농장에서 테루아를 품고 재배된 생두는 가공 과정, 로스팅, 추출 등의 다양한 변수를 만나 그 맛이 달라진다. 같은 원두라 해도 하나의 변수만 달라진다면 다른 맛을 낼 정도로 커피의 향미는 시시각각 민감하게 변화한다. 이런 변수를 통제한다는 것은, 궁극적으로 커피의 맛이 본연의 테루아를 잘 드러낼 수 있도록 한다는 뜻이다.

그리하여, 커피 맛에 반영된 테루아를 파악하고 표현하기 위해 1990년대 말, 미국스페셜티커피협회SCAA의 회장이었던 테드 링글Ted R. Lingle은 커피 플레이버 휠Coffee Taster's Flavor Wheel을 개발한다. 그가 개발한 두 개의 플레이버 휠은 2016년 개정을 거치면서 20년 가까이 각각 커피에서 나타날 수 있는 향미와 그 향미를 해치는 디팩트Defect에 대한 커피인들의 언어로 발전했다. 스페셜티 커피를 취급하는 카페에서(혹은 그러지 않는 카페에서도 종종) 발견할 수 있는 테이스팅 노트Tasting Note는 이 플레이버 휠에 기반하고 있는데, 커피에 조금이라도 관심이 있는 사람이라면 이 플레이버 휠에 나온 단어 몇 개쯤은 익숙하게 느낄지도 모른다.

스페셜티 커피의 맛 표현에서 자주 등장하는 단어 중 하나가 오렌지 맛이다. 사람들은 종종 이 표현을, 커피에서 오렌지 주스의 맛이 날 것이라는 뜻으로 이해한다. 한 번은 커피를 내려 어머니에게 드리며 오렌지 맛이 난다고 했다. 어머니는 커피에서는 커피 맛밖에 안 난다며, 오렌지 맛을 느끼려면 오렌지를 사 먹으라고 일침을 놓으셨다.

플레이버 휠에는 사과, 라임, 허브 등의 과채류, 초콜릿과 메이플시럽, 땅콩과 헤이즐넛 등 일상에서 쉽게 접할 수 있는 식품부터 클로브나 넛메그 같은 향신료의 향미가 그것을 대표하는 색으로 표시돼 있다. 심지어는 종이상자, 석유, 파이프담배, 소독약 향 등 일반적으로 맛 표현에서는 쓰지 않는 단어도 나와 있다.

하지만 이 표현들은 실제 그 맛과 똑같다기보다, 커피에서 날 수 있는 특정한 맛을 특정한 표현으로 규정한 것이라 할 수 있다. 즉, 커피에서 나는 오렌지를 연상케 하는 산미와 향을 오렌지 맛이라고 합의한 후에야 그 표현을 사용하게 되었다는 말이다. 그래서 커피 맛을 전문으로 보는 커퍼들은 객관적인 커피 테이스팅을 위해 끊임없이 이 맛 표현을 훈련한다. 이 훈련에 사용되는 도구들 중 하나가 '아로마 키트'인데, 커피에서 날 수 있는 36개의 향미를 작은 병에 담아 맡아볼 수 있게 한 것이다.

결국, 커피 플레이버 휠은 커피인들의 공통 언어이자 규약인 것이다. 가령 어떤 한국인 커퍼가 커피에서 짜파게티 혹은 춘장의 단맛을 느꼈다고 하자. 하지만 이는 공통의 언어가 아니므로 그는 '진저, 시나몬, 소이소스, 슈가 브라우닝'이라는 단어로 기록해 해외 커퍼들과 커뮤니케이션을 할 것이다. 이처럼, 공통의 언어는 커피를 평가하거나 교역하는 데 있어 보다 효율적인 정보 전달을 돕는다. 덕분에 말 한마디 통하지 않는 외국 커피인들과도 함께 커핑을 할 수 있고 자연스럽게 맛 표현을 주고받을 수 있다. 또 이런 커피 언어는 옥션이나 커핑에서 점수를 매기는 과정에 객관적인 기준을 세울 수 있도록 돕는다. 가령 스페셜티커피협회SCA 기준으로 80점 이상의 점수를 받은 것을 스페셜티 커피로 규정하는데, 이 또한 커피 언어를 바탕으로 결정된다. 그래서 직업으로 커피를 다루기를 원하거나 본격적으로 커피를 즐겨볼 생각이 있는 사람이라면 커피 언어를 이해하는 작업이 필요하다.

하지만 공통의 언어가 중요한 만큼 방언 또한 필요하다. 언어도 나라마다 다르고 한 나라 안에서도 지역에 따라 사투리가 있는 것처럼, 커피의 언어에서도 지역색을 띤 표현이 꽤 사용된다. 플레이버 휠에 나오는 단어들 중에는 우리에게 익숙지 않은 맛이 많다. 플레이버 휠 자체가 서구인의 환경과 입맛을 바탕으로 만들어진 것이기 때문이다. 그래서 우리나라 사람들끼리 모여서 커핑을 할 때면 감, 호박, 카레, 홍어, 양파 등 우리에게 친숙한 맛 표현들을 찾아서 공유하는 경우가 많다. 이 중의 어떤 표현들은 꾸준히 사용되는 경우도 종종 있다.

언어는 사용하지 않으면 도태되고 심지어는 없어지기도 한다. 커피 표현도 마찬가지다. 어떤 표현이든 부끄러워하지 않고 드러내고, 또 서로가 쓰는 언어에 귀를 기울여야 한다. 그래야 더 많은 사람이 커피를 즐길 수 있고, 다양성 또한 넓어지기 때문이다. 그러니 자신만의 언어로 커피 맛을 기록하고 기억하는 것을 두려워하지 말자.

커피 맛을 자신만의 언어로 표현하든, 객관적인 기준으로 좋은 커피에 점수를 매겨 소통하든, 모두 맛있는 커피를 마시기 위해 하는 일이다. 결국 취향의 문제로 귀결된다는 것이다. 아무리 커피인들이 높은 점수를 준 커피라 해도, 내 입맛에 맞지 않으면 아무 소용이 없다. 하여, 기억해야 할 두 가지의 키워드가 있다. 바로 밸런스와 취향이다. 좋은 커피의 분명한 기준 하나는 완벽한 밸런스다. 예를 들자면, 좋은 산미가 느껴지는 커피라 해도 그 산미가 지나치게 강하거나 다른 맛과 조화를 이루지 못한다면 형편없는 커피나 다름없다. 어떤 맛이든 과하지 않고 균형감이 있는 커피를 이해했다면, 그 이후의 선택은 취향의 문제다. 대신, 좋아하는 것을 말하기에 앞서 최대한 다양한 커피를 맛보는 일이 중요하다. 한 잔 한 잔,

내가 좋아하는 맛을 찾아 커피의 지도를 그리다 보면, 플레이버 휠이 없더라도 커피를 이해하는 자신만의 방법이 생길 것이다.

2/5

당신은 어떤 손님입니까

"아메리카노."

주어도 서술어도 없는, 심지어 따뜻한 것인지 차가운 것인지도 알 수 없는 이 삭막한 단어는 카페에서 일하는 이들이 하루 중 제일 많이 듣는 말이다. 본래 카페에 발을 들이는 사람들은 목적지향적으로 행동하는지라 목적어만 던져놓기 때문이다.

이 외마디 소리에, 바리스타들은 이 손님이 매장에서 마실 것인지 테이크아웃을 원하는지, 또 계절에 따라 차가운 음료를 원하는지 아니면 별다른 형용사를 두지 않았으므로 따뜻한 것을 주어야 하는지 고민하게 된다. 또 급한 일이 있어 보이는 손님이라면 한 잔의 커피가 제공되는 데 에스프레소 노말 샷이 나오는 온전한 30초 외에도 컵을 뽑고 물을 따르는 등 1분 내외의 부가적인 시간이 필요함을 알려야 하는지를 고민한다.

바쁘기로 유명한 인천국제공항 매장에서 바리스타로 일할 때였다. 자신이 주문할 음료보다 주문 받는 이의 다친 손가락을 걱정해주는 손님을 만났다. 어쩌다 다쳤는지, 요즘 손님이 많아 힘들지 않은지 물어보는 그 말에 잠시 울컥했다. 온전한 문장으로 이어진 그분의 주문에는 형용사도 있었고 적당한 서술어와 감탄사도 있었기 때문이다. 관계지향적 언어는 때로는 상처도 보듬어준다.

한 잔의 커피로 지친 하루를 위로받아야 하는 피곤한 삶은, 목적지향적일 수밖에 없다. 앞사람의 주문이 끝나기 전에 햄버거를 주문하거나, 탑승 인원을 제대로 얘기하지 않고 버스카드를 들이밀 수밖에 없을 만큼 하루는 바쁘기만 하다. 하지만 목적지향적 삶에서는 그 어떤 것도 남지 않는다. 목적어만 남은 피로회복제로서의 커피는 쓰디쓸 뿐이다.

가끔 휴가를 떠나는 이들로 인산인해를 이룬 공항 사진을 볼 때가 있다. 그걸 보면 '이제 더 이상 공항에서 일하지 않아서 다행이다'라는 안심보다 '동료로 일했던 바리스타들의 고통은 또다시 반복될 것이다'라는 걱정이 들어 슬퍼진다.

'을들의 전쟁'은 최저임금의 영역에서만 벌어지는 것이 아니다. 공항은 이용자를 중심으로 설계됐다. 여기에 소비자들이 제기한 문제는 무엇이든 받아주는 것이 최고의 서비스라는 공항의 숙명 때문에 노동자들의 스트레스는 이만저만이 아니다. 이용자가 몰리는 성수기에는 더 그렇다. 휴가 시즌이 되면 사람을 구하기도 유난히 힘들고 또 힘들게 구한 직원들도 그만두었다. 휴가철엔 반짝 높아진 매출을 감당하기 위해 불가피하게 긴축 스케줄을 운영해야 하며, 상상을 초월하는 수의 고객들을 마주해야 하기 때문이다. 더하여, 노동자가 아닌 소비자 중심인 노동환경은 휴가철이면 더 얄궂어진다. 그러니 여름철 성수기에 도망가는 직원들의 마음이 이해가 갈 수밖에 없다. 나라도 그들의 입장이었다면 그렇게 했을 테니까.

가장 서글픈 것은 땀 흘리는 직업을 업신여기는 사회의 따가운 시선이다. "배운 게 없으니 거기서 커피나 뽑고 있지"라는 말을 실제로 들은 적이 있다. 자식들을 데리고 해외로 떠나는 콧대 높은 손님들은 바 안에 있는 사람들을 가리키며, "너, 엄마 말 안 듣고 공부 안 하면 저기 있는 저 사람처럼 커피만 만들며 고생한다"라고 말하곤 했다. 하지만 직업에 귀천이 어디 있으며, 쉬운 직업이 어디 있겠는가. 겉보기에 아름다운 곳들은 그곳을 지키기 위해 쉼 없이 발을 움직이는 수많은 노동자들의 땀이 있기에 지켜진다. 노동하고 땀 흘리는 이들을 존중하지 않는다면 우리 삶은 결코 나아질 수 없다.

커피를 만드는 일은 결코 단순하지 않다. 그 어떤 전문직도 그러하듯, 커피를 만드는 일 또한 상당한 기술과 숙련을 요한다. 지금 다니는 회사에 취직한 후 바리스타가 되어 처음 바에 들어갔던 날을 결코 잊지 못한다. 설거지를 하는 일부터 바닥을 닦는 일까지 어느 하나 쉬운 것이 없었다. 바쁜 매장에서는 설거지를 하는 데에도 순서가 있었고, 고객들이 불편함을 느끼지 않게 빠르고 효율적으로 매장을 청소해야 했기 때문이다. 매장의 모든 식재료를 하나도 빠짐없이 기억하고 관리해야 했으며, 아무리 바쁜 순간에도 수십 개나 되는 메뉴의 레시피를 잊어서는 안 됐다. 그 누구도 쉽게 할 수 없는 일이라는 생각이 들었다.

바리스타들은 종종 이런 말을 한다. 손님은 카페를 고를 수 있지만 바리스타는 손님을 고를 수 없다고. 카페를 찾는 고객들에게도 취향이 있지만, 바리스타들 또한 그들만의 취향과 기준이 있다. 그럼에도 그들은 당신에게 최선을 다해 커피 한 잔을 제공하려고 한다. 커피 한 잔을 위해 지불하는 돈은 고작해야 5,000원 남짓. 하지만 사람들은 대부분 그보다 더 높은 기준으로 카페를 평가하고 바리스타를 평가한다. 되물어보자, 그렇다면 나는 좋은 손님이었을까? 커피 한 잔을 내준 이의 수고를 이해하고, 또 그들에게 좋은 관계가 되었을까?

아래의 체크리스트를 살펴보자. 나는 어떤 손님이었을까?

(당신은) **눈을 마주치거나 혹은 '안녕하세요?'라고 인사를 했나요?**

(당신은) **먼저 온 순서대로 주문을 하고, 주문이 끝나는 순간**

까지 기다려주었습니까?

(당신은) 반말을 하거나 무례하게 행동하지는 않았나요?

(당신은) 주문한(할) 내용을 잘 확인하였나요?

(당신은) 두 손으로 결제 수단을 전달하였나요?

(당신이 머물고 간) 테이블과 좌석은 깨끗한가요?

(당신은) 훌륭한 손님이었습니까?

* 이 체크리스트는 대부분 카페 등에서 일하는 직원에게 요구되는 항목이다. 하지만 그 방향을 되돌려보면, 사람 사이의 예의가 일방적일 수는 없음을 알 수 있을 것이다.

3

커피 직접 만들기

3/1

커피를 직접 만든다는 것

누벨바그를 대표하는 프랑스 영화감독 프랑수아 트뤼포는 영화를 사랑하는 방법으로 세 가지 단계가 있다고 말했다. 첫 번째 단계는 영화를 두 번 이상 보는 것이고, 그다음은 비평가가 되는 것이다. 마지막으로는 영화감독이 되는 것인데, 트뤼포 자신을 비롯해 클린트 이스트우드와 톰 행크스 등이 영화를 사랑하는 이의 모범이라고 할 수 있겠다.

커피 덕후에도 세 가지 단계가 있다. 그 첫 번째 단계는 갔던 카페를 또 가는 것이고, 다음으로는 직접 커피를 내려 마시거나 홈 로스팅을 하는 것이다. 마지막 단계는 커피를 직업으로 삼는 일인데, 대부분의 바리스타와 로스터, 그린빈 바이어가 이 길을 걸어 커피 덕후들의 모범이 되고 있다.

나 또한 일반적인 커피 덕후의 수순을 밟고 있다. 중학교 때부터 단골 카페는 문지방이 닳도록 드나들었고, 아르바이트로 받은 첫 월급을 커피포트를 사는 데 쏟아 부었다. 좋아하는 카페에서 커피를 마시는 것만으로는 일상에서의 커피에 대한 욕구를 충족시킬 수 없었기 때문이다. 로스팅에 대한 열망이 생기기 시작한 것은 커피를 직접 내리기 시작하고 얼마 지나지 않아서였다. 똑같은 생두라도 어떻게 볶는지에 따라 맛이 천차만별이었는데, 직접 그 원리를 파악해 커피를 심도 깊게 이해하고 싶었기 때문이다. 처음에는 로스팅 과정을 눈으로 확인할 수 있다는 것에 만족해 프라이팬과 수망으로 생두를 볶았다. 하지만 로스팅 흉내만 내는 것 같은 기분이 들어 대형 로스터기와 비슷한 원리로 커피를 볶는 '통돌이 로스터기'를 구입해 로스팅을 했다. 물론 전문 로스터가 볶은 콩에 비하면 부족함이 많았다. 하지만 통돌이를 돌리면 볶이고 있는 커피의 변화가 손으로 느껴졌고, 커피를 좀 더 가까운 곳에서 이해하고 있다는 생각이 들곤 했다.

나중에는 이렇게 볶은 커피가 너무 많아 주변 사람들에게 판매하기도 했는데, 제품군은 날로 다양해져 드립백이나 티백 커피, 콜드브루 커피도 만들었다. 급기야 가지고 있는 기구들을 개량해 로스팅 품질을 높이려고 을지로를 드나들게 되었다. 과학실험용품이나 각종 기구를 사기 위해서였다.

커피를 볶고 나면 집 안은 온통 커피 연기로 가득 찼다. 때로는 의도치 않게 주문이 많이 들어와 하루 종일 쭈그리고 앉아 커피만 볶을 때도 있었다. 여름에는 소나기처럼 흐르는 땀을 닦아내며 불 앞을 지켰고, 겨울에는 얼어버린 부탄가스를 겨드랑이에 끼고 녹여가며 로스팅을 했다.

온갖 고초를 겪으며 커피를 볶고, 또 갖은 방법으로 추출해본다며 주방을 어지럽혀놓은 모습에, 어머니는 고생해서 대학 보내놨더니 커피에 빠져서 정신 못 차린다고 걱정을 하셨다. 하지만 나는 커피는 비교적 돈도 덜 들고 위험하지도 않은 취미라며 항변하기도 하고 또 스스로를 위로하기도 했다.

생각해보니, 커피를 직접 만드는 일은 영화감독이 되는 일이나 다름없었다. 시나리오를 구상하고 배우들을 적재적소에 배치하여 원하는 장면을 촬영하는 것처럼, 직접 생두를 고르고 취향에 맞게 볶아 원하는 방식으로 커피를 내려 마시는 재미가 있기 때문이다. 커피를 만드는 과정에 직접 참여하니 나름 지식도 늘었고, 또 마시기만 했을 때는 알지 못했던 커피의 매력도 발견했다. 그러니 그 맛이 엉터리여도 상관없었다. 영혼을 담아 스스로의 힘으로 만들어낸 것만큼 오랫동안 기억에 남는 커피는 없기 때문이다.

그러나 스스로의 미래가 조금은 걱정되어, 커피만은 직업으로 삼지 말자고 다짐한 적이 있었다. 좋아하는 일을 직업으로 둔다면 싫증이 날까 봐 두려웠고, 오랫동안 곁에서 커피인들을 지켜보며 커피 다루는 일을 직업으로 두는 것이 녹록지 않다는 사실을 깨달았기 때문이다. 직접 커피를 볶고 내리면서, 내 미각과 후각으로는 아무리 해도 맛에 대한 본능과 센스가 발전하지 않는다는 걸 알았기 때문이기도 하다. 하지만 취미로 시작한 일은 어느새 삶의 중심이 되어 있었다. 힘들고 지치고 어려운 일이 있을 때에도 커피는 곁에 있었고, 커피를 많이 마신 덕으로 일자리도 얻게 되었다.

대학 시절의 일이다. 어디서든 커피에 대한 이야기를 늘어놓는 것이 일상이다 보니, 주변 사람들이 커피를 좋아하는 이유를 묻곤 했다. 개중에는 내가 여자에게 말이나 건네려는 심산으로 커피를 좋아하게 된 것이라고 떠벌리고 다니는 사람도 있었다. 저 지질하게 생긴 녀석이 어딜 가도 커피 얘기를 꺼내며 사람들과 쉽게 친해지는 것이 질투가 났던가 보다. 하지만 맹세컨대 커피를 연애의 기술로 써본 경험이 없다. 하물며 어떠한 이유가 있어 커피를 좋아하지도 않은 것 같다. 생각해보니 진정한 커피 덕후에게는 하나의 법칙이 있었다. 이유가 있어서 커피를 좋아하지 않는다는 것이다. 맹목적인 사랑으로 삶에 커피를 두는 일. 진정한 커피 덕후가 가져야 할 자세이지 않을까.

3/2 내 입맛에 맞는 원두 고르기

원산지가 아니라 테루아

눈을 감고 커피를 마시면서 그 커피가 어느 지역에서 난 것인지 맞추는 사람들이 있었다. 가령 '스모키한 맛과 향이 느껴지면 과테말라 커피다'라는 식이었는데, 나는 아무리 오감을 집중해도 어떤 커피가 어디에서 난 것인지 알 수가 없었다. 차라리 이천 쌀과 나주 쌀을 구분하는 일이 더 쉬울 것 같았다. 15년 전의 일이다.

고매한 표정으로 과테말라의 커피가 왜 스모키한지 설명해주던 그 사람들은 감쪽같이 자취를 감추었다. 화산의 영향으로 커피가 스모키하다면 화산을 품은 또 다른 커피 재배 지역인 코스타리카, 하와이, 르완다 등의 커피는 어쩔 것인가. 또 커피 열매가 화산재를 품어 스모키하다면, 과테말라에서 자란 바나나에서도 스모키한 맛이 나야 하는 게 아닌가.

경험에 의존하는 지식으로만 전해지던 커피의 기술이 과학을 만나면서, 스페셜티 커피 산업이 발전하고 다이렉트 트레이드가 늘어나면서, 커피에 대한 많은 속설과 오해가 사라지고 있다. 사향고양이의 배설물에서 나온 커피만 따로 골라 만든 커피루왁Kopi Luwak이라든지, 세계 3대 커피라 하여 칭송해 마지않았던 예멘 모카와 자메이카 블루마운틴, 하와이안 코나에 대한 환상이 그렇다.

커피루왁은 독특한 생산 과정과 한정된 생산량으로 이목을 끌었다. 하지만 사람들의 욕심은 고양이를 학대하며 커피를 만들기에 이르렀다. 희귀해서 비쌌지만 커피가 그만큼 맛있는지, 동물을 학대해도 좋을 만큼 훌륭한 커피인지 당당하게 얘기해줄 사람은 이제 없다. 세계 3

대 커피 산지라 불리는 곳들의 원두가 꾸준히 좋은 평가를 받고 있는 것은 사실이다. 하지만 이제는 최고의 커피를 꼽자면 열 손가락도 모자란 시대가 되었다. 좋은 커피가 세상에 널렸으니, 사람들은 더 이상 누가 만들어냈는지도 모르는 3대 커피에 열을 올리지 않는다.

중앙아메리카의 지도를 보면, 어디서도 쉽게 만날 수 있는 커피 산지인 국가들이 호리병 모양의 대륙에 오밀조밀하게 국경을 맞대고 있다. 과테말라와 온두라스 국경 사이에는 엘살바도르가 있고 엘살바도르의 남동쪽 해안은 니카라과와 코가 닿을 듯하다. 가만히 보고 있으면, 나라의 이름으로 커피에 차이를 두어 무엇하나라는 생각이 든다.

이런 이유로, 스페셜티 커피는 그 국적이 아니라 이력을 확인할 수 있도록 한다. 가령 원두 패키지의 라벨만 봐도 커피가 자란 국가뿐 아니라 지역과 농장 그리고 재배한 농부의 이름까지도 알 수 있는 경우가 있다. 과거에는 관리가 잘 되지 않아 엉망진창으로 재배되던 커피들이, 이제는 같은 농장에서도 섹터를 구분하여 관리할 정도로 달라졌기 때문이다. 스페셜티 커피를 다루는 일부 카페에서 원산지 대신 농장 이름을 내세우는 모습은 변화한 커피업계의 흐름을 보여준다. 가령 커피리브레는 '얼굴이 있는 커피Coffee with Face'를 강조하며 커피 농장 사람들의 얼굴을 원두 패키지에 새겨 넣었고, 프릳츠 커피컴퍼니는 농장 이름을 먼저 내세우는 방식으로 원두를 소개한다.

원산지가 아니라 커피가 자란 이력을 살피고 품종부터 토양, 재배 등 커피가 자라는 자연적 요소들의 총체인 테루아를 기억해야 되는 이유다.

물론 커피를 생산하는 대륙별 특징이나 개성이 강한 원산지의 특성을 파악해두는 것이 자신의 취향을 가늠하는 기준이 될 때가 있다. 품질이 점점 높아져 최근에는 좋은 산미를 가진 커피들이 생산되고 있지만, 아시아 대륙의 커피는 대체로 산도가 낮은 편이다. 반면 아프리카 대륙의 커피는 대부분 산미가 높다. 그중에서도 에티오피아와 케냐의 커피는 다른 나라의 커피들 사이에 섞여 있어도 쉽게 찾을 수 있을 만큼 강한 지역색을 가지고 있다. 에티오피아 커피에서는 꽃향기가 강하게 풍기거나 베리류의 맛이 강하게 느껴질 때가 있고, 케냐 커피에서는 탠저린이나 자몽 같은 과일의 풍미가 깊게 담겨 있다. 화산재로 인해 과테말라 커피가 스모키하다는 미신 같은 이야기는 더 이상 회자되지 않지만, 커피를 좋아하는 사람이라면 누구나 끄덕이게 하는 어떤 '경향성'이 분명히 존재한다. 하지만 이는 단지 경향일 뿐이다. 반복해서 강조하듯, 국경은 행정구역에 불과한 경우가 많기 때문이다.

커피 품종은 원산지보다 뚜렷한 특징을 나타낸다. 가령 '신의 커피'라고도 불리는 게이샤 커피는, 1930년경 남수단과 에티오피아 국경 사이의 게샤Gesha 지역에서 발견된 야생커피 품종이다(아라비카니 로부스타니 하는 것은 종의 이름이며, 각 종에 속한 것을 품종으로 세분화한다. 게이샤는 아라비카 종의 하위 품종이다). 이 품종은 우연한 기회에 파나마로 옮겨져 꽃을 피웠는데, 세계적인 커퍼 돈 홀리Don Holly는 이 커피의 맛을 보고 "신의 얼굴을 보는 것 같다"고 말했다고 한다. 그만큼 게이샤는 화사하고 아름다운 향을 품은 우아한 커피 품종이다. 또, 케냐의 커피 연구기관인 '스콧 연구소'의 이름을 딴 SL-28, SL-34처럼 오랜 연구 끝에 특정 지역에서 잘 자라도록 개량된 품종도 있다. 게이샤 커피처럼, 각각의 품종은 개성을 지니기도 하고 또 경향성을 보여주기도 하는데, 오랫동안 기억에 남을 만큼 맛있는 커피를 마셨다면 품종을 알고 기억하는 것도 내 취향을 알아가는 길에 큰 도움을 줄 것이다.

화산에서 용이 출몰하는 이야기까진 아니지만, 사람들이 자연과 함께하며(혹은 투쟁하며) 만들어낸 작물 이야기는 밤새 들었던 할머니의 옛날이야기만큼 흥미로운 경우도 꽤 많다. 프릳츠 커피컴퍼니, 펠트커피 등의 카페에서 만날 수 있는 코스타리카의 커피 농장 '라스 라하스Las Lajas'의 커피가 대표적인 예다.

이 농장은 지진으로 인해 전기와 수도 공급이 끊기자, 자연의 힘으로도 좋은 커피를 만들 수 있는 새로운 가공 프로세스를 만들었다. 페를라 네그라(스페인어로 검은 진주)라고 불리는 이 프로세스는, 물을 사용하지 않는 정제법인 내추럴(혹은 비수세식) 방식 중 하나다. 수확한 커피 열매(체리)를 바로 수조에 담아 과육을 벗겨내는 워시드 프로세스와 달리, 내추럴 방식은 수확 후 체리를 지면에서 높이 띄운 아프리칸 베드에 올려 건조시킨 후에 과육(외과피)과 파치먼트(내과피)를 벗겨낸다. 내추럴 방식은 과육과 커피 생두가 접촉하는 시간이 길어 쿰쿰한 발효취가 나기도 하는데, 페를라 네그라 프로세스는 농장만의 노하우로 이 영향을 최소화하고 과육이 주는 단맛을 최대로 살리는 방법이다. 이렇게 탄생한 커피는 2008년도 커피 옥션에서 우승을 차지한 이래 성공적으로 자리를 잡아 꾸준히 사랑을 받게 되었다. 이후에도 라스 라하스 농장은 끊임없이 실험적인 프로세스를 도입해 독보적인 커피들을 만들어냈다.

이처럼 커피를 재배, 가공하는 과정에 대한 이야기는 인터넷 검색을 통해서 간단하게 확인할 수 있다. 최근에는 다이렉트 트레이드를 도입한 카페들이 늘어나, 커피 농장에서 일어나는 이야기를 듣는 일이 더 쉬워졌다.

여성에게 평등한 노동환경을 제공하려는 농장이 늘어나고 있다는 소식 또한 좋은 커피를 고르는 데 참고할 만하다. 니카라과의 한 커피 협동조합은 좀처럼 여성에게 취업할 기회를 주지 않았던 현장에서 여성들이 안정적으로 일할 수 있는 환경을 제공했다. 그 결과 커피의 품질까지 이전보다 나아지기 시작했고, 성별에 상관없이 모든 노동자에게 동일한 임금을 지급하는 체계를 도입해 공동체의 경제적인 성장과 결속력도 높아졌다고 한다.

비슷한 맥락에서 만들어진 커피 중에는 그 결과를 강조하기 위해 여성 노동자 이름을 따서 판매하는 것도 있다. 카페 나무사이로에서 판매했던 '인도네시아의 282여인들', 노동자의 80% 이상이 여성인 과테말라 한 협동조합의 커피인 '우먼 핸즈 커피'(이마트 피코크의 상품으로 판매

된 적이 있다)가 그렇다. 이 커피들은 남성과 여성에게 동등한 임금을 지급하는 일이 사회정의의 구현을 넘어 더 좋은 결과물을 얻게 한다는 것을 보여준 멋진 증거다.

커피 한 잔에 담긴 이야기는 더 이상 미신이 아니다. 커피가 만들어지는 모든 과정에 전문가들이 개입하고 모든 것을 기록하기 때문이다. 수확철이 되면 산지로 떠나는 젊은 그린빈 바이어들은 자신의 역할이 무엇인지 정확히 알고 있다. 지금 마시고 있는 당신의 커피가 마음에 든다면, 바리스타에게 물어봐도 좋다. 커피나무에서 싹이 트고 열매가 맺히고, 그 열매가 가공되어 멀리 배를 타고 이 땅으로 넘어오기까지의 역사를 들을 수 있을 것이다.

덕분에 내 취향에 맞는 커피를 고르는 일은 조금 더 까다로워졌을 수도 있다. 더 많이 마셔보고, 더 많이 들어보고, 또 더 많이 기억해야 하기 때문이다. 하지만 그 번거로움이 커피를 더 맛있게 만들어줄 테니 미리부터 걱정할 필요는 없다. 그리하여 맛있는 원두 한 봉지를 골랐다면, 이제 집중해 커피를 내려보자. 많은 이의 수고가 한데 모여 맛있는 커피가 되기까지, 이제 한 걸음 남았다.

3 / 3

맛있는 커피 내리기의 6원칙

처음 마신 커피는 물에 녹는 것이었다. 아버지가 쓰시던 커피 잔은 종이컵보다 조금 큰 도기였는데, 거기에 테이스터스초이스 커피 두 스푼을 넣고 뜨거운 물을 가득 따라 넣는 것이 공식 레시피였다. 초등학교 고학년이 되었던 어느 일요일 아침에는 아버지를 따라 나도 커피를 마셨다. 아버지를 흉내 내 설탕은 일부러 넣지 않았다. 잔 가득 채운 그 쓴 커피를 호호 불어 후룩 마시니 왠지 중학생 형들보다 더 어른이 된 느낌이 들었다.

원두커피는 물에 녹지 않는다는 사실을 안 것은 중학교 시절 대학생 형 누나들을 따라 처음 카페에 갔을 때의 일이다. 이화여대 정문 앞에 있는 카페 비미남경은 작은 자동차만 한 로스터기를 사용하고 있었다. 초록색 생두를 넣으면, 연기를 자욱이 뿜어내며 볶인 짙은 갈색의 커피콩들이 쏟아져 나왔다. 그 원두를 그라인더에 넣고 갈아서 드리퍼에 올려놓고 물을 투과시키니 한 잔의 커피가 탄생했다. 아버지가 드시던 커피는 볶은 커피 중에서 수용성 성분을 뽑아내 동결건조한 인스턴트커피였던 반면, 비미남경의 커피는 직접 원두를 갈아서 핸드드립 방식으로 내린 것이었다.

물은 원두를 만나 녹여낼 수 있는 것들만 끌어내 드리퍼 아래로 떨어진다. 원두는 식물의 씨앗이니 섬유질로 이루어져 있다. 그 밖에도 물에 녹지 않는 성분들이 있으니 커피가 만들어진 이후에도 원두 가루는 물에 녹지 않은 채로 남아 있을 수밖에 없다.

핸드드립 방식으로 내릴 때는 인스턴트 제품을 마실

때보다 커피의 맛과 향을 더 진하게 느낄 수 있었다. 특히, 원두를 그라인딩할 때 향이 가장 진하게 풍겨져 나온다. 인스턴트커피가 아닌 경우, 볶아놓은 커피는 시간이 지날수록 향이 줄어든다. 당시에 내가 다녔던 카페들은 대부분 볶은 지 2주 이내의 커피를 팔았으니, 신선한 커피의 그윽한 맛과 향을 느낄 수 있었다.

커피 한 잔이 탄생하는 과정을 오롯이 지켜봤던 기억이 난다. 머리를 빡빡 민 이름 모를 바리스타가 비미남경의 문을 열고 들어섰다. 1년 전에 일을 그만뒀다던 그는 들어오자마자 원두 상태를 살폈다. 그러고는 어디선가 천을 꺼내 와서 삶기 시작했다. 드리퍼에 얹는 종이 필터와 달리 커피의 기름 성분을 덜 걸러내 깊고 진한 맛의 커피를 뽑아낼 수 있는 융 드리퍼였다(융 드리퍼는 융 천을 바구니 모양으로 재단하고 철사로 고리를 만들어 손잡이를 단 것으로, 잘 삶아 보관하면 여러 번 사용할 수 있는 도구다).

그는 삶고 난 드리퍼를 헹구며 "이거 관리가 잘 안 됐네"라고 말했다. 물에 젖은 융 천을 팟팟 소리를 내며 펴서 사용하기 좋게 드리퍼를 만지작거리는 한편 커피 내릴 물을 끓였는데, 온도계도 없이 김이 모락모락 나는 주전자 위로 손을 올린 후 다시 팟 하고 드리퍼를 폈다. "이 정도면 됐군" 하고 중얼거린 그는 드리퍼에 갈린 원두를 담아 커피를 내리기 시작했다. 커피의 상태와 내리는 방식에 따라 물의 온도도 달라져야 하는데, 그 온도를 직감적으로 파악해 물을 끓인 것이다. 융 드리퍼 가득 채운 원두를 여과한 커피는 고작 에스프레소 한 잔. 그리고 그는 그 잔을 나에게 내밀었다. 세상에서 가장 쓴 커피라던 만델린이 그렇게 부드럽고 아름다울 수 없었다. 그때의 커피 맛과 함께 그 바리스타가 종종 생각났지만, 나중에 수소문해보니 그분은 헬스트레이너로 직업을 바꿔 커피업계를 떠났다고 했다.

물어볼 용기도 없었지만, 만약 그 자리에서 이 커피는 어떻게 이런 맛이 나느냐고 물었다 해도 마땅한 대답을 얻을 수가 없었을 것이다. 지금으로부터 15년 전의 일인데, 당시에는 커피를 내리는 일은 빈 드리퍼에 물을 내리는 것부터 시작해야 할 만큼 엄격한 수련을 필요로 했기 때문이다. 주전자를 잡고 드리퍼에 물을 내리는 것은 마치 무도와 같아서, 신입 바리스타가 바에서 커피를 마주하는 것은 카페 바닥을 파리가 미끄러질 정도로 닦고 주방에서 손이 부르트도록 설거지를 한 후에나 가능한 일이었다. 나 같은 일개 덕후는 감히 커피 한 번 내려보겠다는 생각조차 할 수 없었다.

고등학교 시절부터 단골로 다니던 카페도 모든 것을 도제식으로 가르치던 '올드스쿨' 카페였지만, 지성이면 감천이라 하지 않았던가. 단골로 카페를 드나들기를 3년, 점장님이 원하는 대학에 합격해서 오면 커피를 가르쳐주겠다고 약속했다. 그 후로는 좋아하는 커피도 끊은 채 공부에만 전념했다. 대학 합격증을 들고 카페에 찾아갈 수 있었던 데에는 진심으로 커피를 배우고 싶은 치기 어린 열정도 한몫했을 것이다.

그렇게 떨리는 손으로 난생처음 주전자를 손에 쥐어봤다. 정식 과정도 아니고 고작 주말 이틀 동안 반나절씩 배우는 수업이었지만, 점장님은 자신이 아는 많은 것을 가장 낮은 자세로 알려주셨다. 수첩에 꼬박꼬박 적어두어서 그 수업에서 배운 것들은 아직도 잊지 않고 있지만, 그중에서도 기억에 남는 것이 있다면 '맛있는 커피 6원칙'일 것이다.

맛있는 커피 6원칙

신선한 배전두(볶은 커피)

청결한 기구

신선한 물

기구에 맞는 적당한 굵기

적당한 분량

추출 시간과 온도 지키기

앞서 말했지만, 볶은 커피는 시간이 지날수록 그 맛과 향이 줄어든다. 그라인딩한 후에는 커피가 공기와 맞닿는 표면적이 넓어져 휘발 성분이 더 빠르게 날아간다. 커피에서 향이 빠지기 시작하면 맛 또한 변할 수밖에 없다. 맛있는 커피를 위해 신선한 원두를 추출 전에 바로 갈아서 사용하는 이유다.

조리를 할 때 주방이 청결해야 하는 것이 기본이듯, 신선한 커피를 내리려면 추출 기구가 깨끗해야 한다. 커피에서 나오는 색소나 향미 성분들이 기구에 남아 있으면, 추출에 영향을 미칠 수밖에 없기 때문이다. 가장 좋은 방법은 커피 기구 전용 세제로 깨끗하게 닦아주는 것이다. 세제로 닦아도 미묘하게 향이 남아 있을 수 있고, 깨끗하게 닦지 않으면 오히려 안 닦은 것만 못할 수도 있으니 조심해야 한다.

물은 커피를 구성하는 가장 큰 부분이다. 그 물이 신선하지 않거나 각종 오염물질이 섞여 있다면, 커피 맛은 당연히 수그러들 수밖에 없다.

앞서 빡빡머리 바리스타는 강하게 볶은 만델린 커피의 깊은 보디감을 살리기 위해 커피의 기름 성분을 살릴 수 있는 융 드리퍼를 골랐다. 이렇게 추출 목적에 알맞은 기구를 골랐다면, 그 기구에 알맞은 굵기의 그라인딩이 필요하다. 가령 에스프레소는 추출 시간이 길어봐야 30초 남짓이다. 짧은 시간에 고농도의 커피를 뽑아내야 하기에, 가늘게 갈아야 알맞은 추출을 할 수 있다. 반면 중력의 힘에만 의존하는 핸드드립의 경우 추출 시간이 비교적 길다. 따라서 깨알 정도의 굵기로 갈아 추출해야 최적의 커피 맛을 낼 수 있다고 한다. 핸드드립을 할 때 지나치게 커피를 곱게 갈면 추출 속도가 느려지고 커피와 물이 만나는 시간이 길어져 맛없는 커피가 나올 수 있다. 또한 기구가 감당할 수 있는 분량의 원두를 온도와 시간을 지켜 내려야 맛있는 커피를 만날 수 있다.

산업의 발전, 자본의 투입, 고도의 기술력을 바탕으로 생산 과정에서부터 커피 본연의 맛과 향에 집중하는 '스페셜티 커피' 시대가 도래하면서 도제식 교육은 점차 사라지고 있다. '감' 혹은 '경험'에 대한 의존도 줄어들었다. 오늘 처음 커피를 시작하는 사람도 어떤 커피를 어떤 기구로 추출할지부터 시작해 추출의 모든 과정에 '왜'라는 질문을 하며 커피를 배운다. 추출에 영향을 주는 가변요소들을 제대로 알고 커피를 만들기 위해서다. 덕분에 사람들은 이전보다 쉽게 추출 원리를 이해하고 다양한 방법을 시도할 수 있게 되었다. 또, 로스팅을 할 때는 화력, 드럼의 온도, 배기상태 등 모든 요소를 그래프로 그려가며 체크하고, 커피 추출에 저울과 온도계는 필수품으로 사용할 만큼 맛있는 커피에 대한 객관적인 기준을 찾아가고 있다.

심지어는 물에 녹은 커피 고형 성분의 정도, 즉 추출 농도(혹은 추출 강도)를 나타내는 TDSTotal dissolved solids를 측정하고, 이를 통해 분쇄된 커피 중에 얼마만큼 커피 성분이 물에 녹았는지를 나타내는 수율을 계산하기도 한다. 커피의 맛을 평가하는 기준도 수치로 변환되어 객관적인 평가를 하기에 이른 것인데, 스페셜티커피협회SCA 기준으로는 TDS는 1.15~1.35%, 수율은 18~22%의 커피가 최적의 맛을 낸다고 나와 있다.

물론 맛있는 커피를 내리기 위해 이 모든 것을 알아야

하는 것은 아니다. 또, 과학적인 분석이 따른다고 하지만 사람들의 취향은 제각각이기에 이상적인 커피를 수치로 규정하는 일은 여전히 불가능하다. 황금비율에 맞춰서 이상적인 그림을 그렸다 한들, 내 눈에 아름답지 않으면 그만이기 때문이다. 나 역시 처음에는 내 입맛을 이상적인 기준에 맞추려고 애쓰곤 했다. 전문가들이 맛있다고 평가하는 커피라면, 이상적인 수율을 나타내는 커피라면 맛있으려니 고개를 끄덕이곤 했다. 하지만 그것도 잠시, 커피도 하나의 음식이기에 결국에는 내 입맛을 따르게 되었다. 생각해보니, 아주 오래전 배웠던 '맛있는 커피 6원칙'만 따르면 그 어떤 커피든 누군가의 입맛에 들 수 있을 것이다.

이렇게 글을 마무리하면 무책임할 수 있기에, 6원칙 이후에 챙겨야 할 것들을 간단하게 짚어보고자 한다. 우선, 변하지 않는 것들을 생각해보자. 구입한 원두는 시간에 따라 신선함이 줄어들겠지만, 그 커피가 가진 고유의 성질이 크게 변하지는 않는다. 커피를 내리기에 이상적인 물에 대한 정의가 있긴 하지만, 우리 집 수도관을 내 마음대로 교체할 수 없는 이상 물의 맛 또한 변하지 않는다.

전문적으로 커피를 내리는 공간이 아니라면 변수는 크게 줄어든다. 그렇다면 내가 구입한 커피에서 내 입맛에 맞는 요소들을 추출하는 일만 잘 해내면 꽤 맛있는 커피를 만들 수 있다. 그 첫 번째는 추출 기구에 맞는 방법으로 추출하는 것이다.

◊ 추출 기구 : 핸드드립(드리퍼), 에어로 프레스, 프렌치 프레스, 케맥스, 클레버 등

◊ 추출 방법 : 각 기구의 설명서 참조

기구의 포장지 혹은 동봉된 설명서를 살펴보면 표준 레시피가 나와 있다. 라면을 끓일 때도 조리 예를 따라야 가장 맛있듯, 기구를 만든 회사의 가이드를 그대로 따르면 좋은 추출을 할 수 있다.

그럼에도 고민이 된다면 각 기구마다 기준이 되어줄 추출 예를 참고하자. 대부분의 브루잉 기구는 원리와 순서가 같은데, 원두를 분쇄해 넣고 뜨거운 물을 조금 부어 인퓨징(말라 있는 원두 가루를 물에 적시는 과정이다. 커피 성분이 물에 잘 추출되게 준비시키는 과정으로, 이때 물과 접촉한 원두가 로스팅 과정에서 생긴 가스를 내뿜으며 부풀어 오른다)을 하고, 물을 더 부어 커피를 추출하는 것이다. 기구에 따라 원두의 분쇄 정도, 커피 성분 침출을 위한 물의 양과 추출 시간 등

기구에 따른 추출 예

	에어로 프레스	클레버	프렌치 프레스
1인분의 원두량	15~18g	15~18g	15~18g
분쇄 정도	곱게 갈아서	드립용 (깨알 정도)	프레스용 (드립용보다 굵게)
물 온도	80~90도	90도 이상	90도 이상
인퓨징을 위한 물의 양	20~30ml	20~30ml	40~50ml
인퓨징 시간	30~40초	30~40초	30~40초
추출을 위한 물의 양	200ml 추가	240ml 추가	220ml 추가
침출을 위한 시간	1분에서 1분 30초 후 프레스 (총 2분)	2분에서 2분 30초 후 추출 (총 3분)	3분 후 프레스 (총 3분 30초)

이 조금씩 다르다. 핸드드립 방식이 인퓨징 후 가는 물줄기를 흘리며 커피를 추출하는 데 비해, 물을 붓고 커피 성분이 침출되기를 기다렸다가 한꺼번에 추출할 수 있다는 점에서 좀 더 간편한 기구들이다.

중요한 것은 표준 레시피가 아니라 내 입에 맞는 커피다. 내 입에는 커피가 너무 쓰거나 아니면 신맛이 거슬릴 수도 있다. 그럴 때는 다음을 참조하자.

내 입맛에 따라 커피 내리기

	쓴맛이 강해요	신맛이 강해요
분쇄도	조금 더 굵게	조금 더 가늘게
물의 온도*	온도를 낮춘다	온도를 높인다
추출량** (혹은 추출 시간)	추출량(시간)을 줄인다	추출량(시간)을 늘린다

* 물의 온도는 최저 80도, 최고 95도의 범위에서 사용한다.

** 추출량을 종잡기 어렵다면, 커피 1g당 16~17ml의 물을 사용해보자.
1인분에 사용되는 커피의 양은 보통 15~20g이다.

3/4

커피 한 잔

하얀색 도자기 잔의 모서리는 금색 테두리로 둘러싸여 있고, 용과 방패의 검은색 문양이 금색 테두리 아래로 세밀하게 그려져 있다. 잔에 커피를 가득 채우면 손잡이에 검지를 걸고 들기에 딱 좋은 무게가 된다. 잔 위로 퍼진 향기를 맡으며 한 모금 호로록. 입에 닿으면 도톰한 도자기 잔의 촉감이 커피 맛을 더 부드럽게 만들어준다. 처음으로 내 돈을 주고 구입한 이 커피 잔은, 1960년대에 만들어진 '플로렌틴 블랙'이라는 이름의 오래된 웨지우드 잔이다.

커피를 좋아하기 시작한 이래 커피 잔 수집을 꿈꿔왔다. 그러면서도 잘못했다가 가격이 꽤 나가는 빈티지 잔을 사 모으느라 패가망신을 할 것 같아 늘 망설이기만 했다. 그래서 커피 잔 주변을 맴돌았다. 가령 스탠리 텀블러를 모으는 건, 잔을 사지 않기 위해 애써 노력했던 일 중의 하나다. 학교와 직장에서는 깨질까 봐 마음 졸여야 하는 커피 잔보다 보온과 밀폐가 뛰어난 스탠리 제품들을 더 실용적으로 쓸 수 있었던 것도 하나의 이유였다. 도자기를 전공하는 친구에게 커피 잔을 만들어달라고 요청하거나, 여행 가서 기념 머그잔을 사 모으는 일도 커피 잔에 대한 집착을 분산시키는 데 큰 도움을 주었다. 하지만 어딜 가나 아름다운 커피 잔이 있으면 눈이 갔고, 언젠가는 하나하나 소중하게 사 모으리라고 다짐했다.

커피도 종류에 따라 잔을 다르게 쓴다. 가령 에스프레소를 담을 때 쓰는 데미타세(demitasse: 더블 에스프레소를 뜻하는 이탈리아어) 잔은 폭이 좁고 높이가 낮다. 일반적으로

70ml 내외의 용량인 데미타세 잔은 두께가 두꺼워 갓 추출한 에스프레소가 금방 식지 않게 해준다. 카푸치노 잔은 보온을 위해 똑같이 두껍게 만들지만, 우유가 들어가야 하기에 데미타세 같은 에스프레소용 잔보다 폭이 넓고 잔의 용량도 큰 편이다. 주로 드립커피를 따라 마시는 도자기 커피 잔은 에스프레소 잔보다 두께가 얇은 편이다. '커피 잔'이라 하면 소서saucer라 불리는 잔 받침에 섬세한 무늬 혹은 패턴이 그려진 잔을 세트로 한 것을 함께 부르는 말인데, 이 잔들은 입에 닿을 때의 감촉이 좋고 향을 퍼뜨리기에도 좋다. 향을 적극적으로 즐기는 차를 담는 찻잔과 비교하면 이해가 쉬운데, 찻잔은 커피 잔보다 두께가 훨씬 얇고 입구가 넓어 향을 퍼뜨리기에 좋다는 것을 알 수 있다.

하지만 역시나 커피를 담기 위해 잔을 사용하는 데에도 정해진 법칙은 없다. 가령 우유가 들어간 커피라고 해서 꼭 카푸치노 잔을 사용해야 하는 것은 아니다. 플랫화이트라는 메뉴는 종종 유리잔에 담기도 하는데, 용량이 작아 오래 두고 마실 필요도 없고 보기에도 나쁘지 않기 때문이다. 어떤 카페에서는 커피 잔 대신 얇고 넓은 찻잔을 사용하기도 한다. 커피의 향을 제대로 즐길 수 있고,

식었을 때 느낄 수 있는 특유의 감칠맛과 산미를 즐기기에 용이하기 때문이다. 또 어떤 카페에서는 커피를 빠르게 식히고 향을 강조하기 위해 와인 잔에 따라 주기도 한다. 이처럼 잔의 구조와 용도를 잘 활용하는 바리스타들은, 자신이 만든 커피의 특성을 파악해 그 맛과 향을 잘 살릴 수 있는 잔을 선택한다.

좋은 잔 혹은 용도에 알맞은 잔에 내준 커피가 꼭 맛있다는 보장은 없다. 하지만 잔이 주는 기쁨도 커피를 만드는 일의 일부라고 생각하는 바리스타의 커피는 높은 확률로 맛있을 것이다. 반대로 관리가 쉽다는 이유로 똑같은 디자인의 잔을 용도 구분 없이 쓰거나, 제대로 관리가 되지 않아 흠집이 많이 나 있는 잔을 내주는 카페의 커피는 맛없을 확률이 높을 수밖에 없다.

잔을 관리하는 일은 생각보다 어렵다. 잔 흠집이 나지 않게 잘 닦아주어야 하며, 닦고 난 후에는 물때가 남지 않도록 린넨 천으로 남은 물기까지 닦아주어야 한다. 오래 사용하지 않은 잔들에는 먼지가 쌓이게 마련인데, 시시때때로 잔을 닦고 색이 바래지 않게 관리해야 손님이 왔을 때 깨끗한 잔을 내줄 수 있다. 이렇게 잔에까지 신경 쓰는 매장들은 종종 잔은 물론이요 소서까지 예열해 커피를 내주곤 한다. 따스한 커피의 온기가 손을 통해 먼저 전달되면, 커피의 향기는 더욱 깊어지게 마련이다.

나를 처음 커피에 빠지게 만들었던 공간들은 항상 오래되고 멋드러진 잔을 따뜻하게 데워서 커피를 내주었다. 이대 앞에 있었던 비미남경이나 고대 후문 앞에 있는 카페 보헤미안이 그랬다. 금색 테두리에 용 무늬가 그려져 있는 웨지우드 잔처럼, 그 시절에 마셨던 잔들은 전부 어떤 사연 하나쯤은 가지고 있을 법한 예쁜 잔들이었다. 물론 지금도 잘 관리된 잔에 신경 써서 커피를 내려주는 카페들이 있다. 동교동에 있는 밀로커피 로스터스에 가면, 틈나는 대로 찬장에 놓인 잔들을 닦고 있는 황동구 바리스타의 모습을 볼 수 있다. 드립커피를 주문하면 고심 끝에 하나를 골라 커피를 내주시는데, 어떤 잔인지 물어보면 그는 잔 속에 담긴 이야기를 풀어내곤 한다.

헬카페 로스터스의 권요섭 바리스타는 오래된 잔을 모은다. 그는 예쁘고 아름다운 건 시대를 넘어선다고, 장인의 정신이 깃든 커피 잔에는 고풍스러운 클래식 음악만큼의 아름다움이 있다고 말한다. 그래서 맛있는 커피를 아름다운 잔에 담아 손님에게 내주는 것 또한 바리스타의 일이라 믿는다. 오래된 잔이 세월을 이기고 아름다움을 뿜어내는 만큼, 그는 그 잔에 담긴 커피 또한 부끄럽지 않도록 최선을 다하려 한다.

진정으로 커피를 사랑하는 바리스타들만큼이나, 커피를 진심으로 사랑하는 덕후들도 커피 잔에 대한 애착이 클 수밖에 없다. 집에서 커피도 볶고 직접 내려 마시는데 좋은 잔이 없으면 화룡점정을 할 수 없기 때문이다. 그리하여, 이렇게 에둘러 커피 잔을 사야 하는 이유에 대해 장황하게 늘어놓는다. 과감하게 돈을 쓰는 만큼 멋진 핑계를 마음에 두어야, 가벼운 지갑으로 어지러워진 마음이 조금은 평온해질 것 같아서다.

3/5

실전! 어떤 상황에서도 커피 마시기

진정한 커피 덕후라면, 어떤 순간에도 커피를 마셔야 한다. 새벽같이 집을 나서 일터로 갈 때도, 고생 끝에 정상을 정복한 등산의 순간에도, 어느 캠핑장 혹은 오지라도, 야생보다 더 치열한 삶의 현장인 일터에서도. 인생은 게으른 베짱이처럼 살아왔지만, 어디에서도 커피를 놓치고 싶지 않다는 생각에 일개미처럼 커피를 마셔온 커피 덕후가 극한상황에서도 커피를 즐길 수 있는 방법을 알려주고자 한다.

낭만이 가득한 캠퍼스 혹은 강의실에서

낭만은 가득하지만 지갑은 가볍다. 커피 한 잔에 5,000원은 비루한 대학생활에서 엥겔지수만 높인다. '트레블 프레스'는 대학생활 내내 내 가방 속에 있었던 물건인데, 프렌치 프레스와 텀블러를 결합한 형태의 기구다. 스탠리Stanley사에서 나온 진공 트레블 프레스Vacuum travel press를 추천한다. 5만 원대의 가격이 부담스럽다면, 보온이 취약하지만 비교적 저렴한 보덤Bodum사의 트레블 프레스도 괜찮다. 가격은 사이즈에 따라 1만 원대부터 3만 원대까지 다양하다.

추출 방법은 간단하다. 우선 등교 전에 15~18g의 원두를 프레스에 담는다. 프렌치 프레스용으로 갈아둔 것을 사용한다. 쉬는 시간 혹은 점심시간을 이용해 커피를 추출한다. 물을 끓일 수 있는 전기 포트가 있다면 좋겠지만, 없다면 정수기의 뜨거운 물을 이용해도 좋다. 다만, 정수기의 뜨거운 물은 80도 전후인 경우가 대부분이라 커피 성분이 잘 녹지 않을 수 있다. 추출 시간을 길게 가져가거나, 낮은 온도에서도 추출이 용이한 배전도 높은 원두를 사용하는 것을 추천한다. 250*ml* 전후의 물을 부어서, 3~4분 후에 프레스를 눌러주면 된다. 모델에 따라 밀폐가 되지 않는 트레블 프레스가 있으므로 조심하자. 나의 경우 전공서적 상당수에 커피 얼룩을 남겼다. 그렇다고 공부를 안 하고 커피만 마신 것은 아니다.

굳이 여행을 떠나서까지

대학생의 여행은 궁핍하다. 시간은 많지만 그만큼 돈도 없기에 어렵게 유럽을 가더라도 커피 한 잔 마시기 어려운 경우가 대다수다. 나는 비행기 삯 때문에 애초에 먼 곳은 쳐다보지도 않았다. 라오스의 어느 외딴 섬이나 방콕 카오산로드 어디쯤에서 길거리 음식을 주워 먹는 여행객에게 커피 한 잔은 사치나 다름없다. 하지만 굳이 여행을 떠나서도 커피를 포기할 수 없어 커피 티백을 준비했다. 티백은 인터넷을 통해 쉽게 구할 수 있다. 티색T-Sac으로 검색하면 100장에 5,000원 남짓 하는 상품을 구입할 수 있다.

티백을 구입하고 드립 굵기로 간 5~10*g*의 커피를 넣는다. 10~20개 정도를 만들어 지퍼백에 담는다. 혹시 모르니 다회용 컵을 챙겨야 한다. 준비가 다 됐다면 어디서든 필요할 때 하나씩 꺼내 마시면 된다. 뜨거운 물을 붓고 3~5분 정도를 우려서 마시자. 밤을 지새우는 공항 어딘가, 교통비를 아끼기 위해 하염없이 걷는 도로 위의 그 어딘가가 카페로 변신할 것이다.

궁핍한 자취방에서

어렵게 선물 받은 원두는 찬장에 박아둔 지 오래다. 커피를 만들기 위해서 무엇이 필요한지는 알고 있지만 내 지갑은 비어 있고, 설사 기구를 살 돈이 있다 해도 놔둘 곳이 없다. 그리고 무엇보다도 귀찮다. 커피를 마시고 싶지만 원두 말고는 아무것도 없을 때 추천하는 방법이 있다. 밥숟갈로 원두를 두 숟갈 퍼서 머그잔에 넣는다. 뜨거운 물을 컵의 80% 정도 채워 넣는다. 커피가 가라앉길 기다린 후에 마신다. 혹시라도 어딘가에 커피 필터가 굴러다닌다면 걸러서 마셔도 좋다. 아, 커피 그라인딩이 필요하다면 동네 아무 카페나 찾아가자. 불쌍하지만 맑은 눈으로, 커피를 마시고 싶은데 그라인더가 없다고 말하자. 카페 주인은 흔쾌히 커피를 갈아줄 것이다.

어쩌다 선물 받은 모카포트

어쩌다 선물 받은 모카포트는 높은 확률로 우리 집 찬장에 있을 것이다. 친구, 혹은 부모님의 친구, 혹은 형제자매의 친구, 아니더라도 먼 친척 누군가가 이탈리아 혹은 그 언저리로 여행을 다녀오며 기념품으로 모카포트를 사다주었을 것이다. 하지만 또다시 높은 확률로 많은 이가 모카포트 사용법을 알지 못한다. 비극적인 일이다.

모카포트는 분리되는데 윗부분을 컨테이너, 아랫부분을 보일러라고 한다. 아랫부분을 잡고 손잡이가 달린 컨테이너를 반시계 방향으로 돌리면 모카포트가 열린다. 보일러 안에는 깔때기 모양의 바스켓이 들어 있는데, 이걸 빼낸 후 보일러에 물을 채우자. 가만히 안쪽을 살펴보면 사발면 그릇처럼 여기까지 물을 부어달라는 표시선이 그려져 있다. 바스켓을 다시 보일러 위에 얹고 가늘게 분쇄한 16*g*(바스켓을 가득 채울 정도)의 원두를 넣고 컨테이너와 다시 조립한다. 꽉 조이자, 안 그러면 폭발할 수 있다.

그리고 뜨거운 불 위에 올린다. 보일러의 물이 끓어 바스켓의 원두를 추출해 컨테이너에 고이는 원리다.

생각보다 인내심을 필요로 하는데, 좀 더 빠른 추출을 원하면 애초에 뜨거운 물을 붓는 것도 방법이다. 커피가 다 추출되면 푸슈슈 소리가 난다. 잘못하면 터질 수도 있으니 잽싸게 불을 끄자. 추출한 에스프레소를 뜨거운 물에 타면 아메리카노, 우유에 부으면 라테가 된다. 이탈리아의 맛을 느끼고 싶다면 그냥 마시자. 높은 확률로, 어쩌면 진짜 이탈리안 에스프레소를 만날 수 있다.

기대할 것 없는 허름한 사무실에서

대부분의 사무실에서는 커피 따위를 기대할 수 없다. 언제 구입했는지도 모르는 자동 커피머신에는 곰팡이가 곱게 자라 있다. 잘 살펴보면 찬장 어딘가에 숨어 있는 원두를 발견할지 모르는데, 족히 한 달은 넘은 커피일 확률이 높다. 상급 커피 덕후라면 그라인더 등 이런저런 커피 기구를 가져다놓고 입맛에 맞는 원두까지 사다 누가 눈치를 주든 상관없이 사무실에서 내려 마시겠지만, 굳이 그렇게까지? 최선의 방법을 찾아 커피를 추출하면 나도 좋고 부장님도 좋을 테다.

우선 커피머신을 깨끗하게 닦아준다. 자동 커피머신을 쓸 때, 커피를 내려놓고도 한참이나 그대로 두곤 해서 구석구석 곰팡이가 슬어 있는 경우가 많다. 잘 닦고 말려놓기만 해도 커피 맛이 확실히 달라질 수 있다. 머신이 준비됐다면 오래된 원두를 꺼내본다. 60g의 커피를 감으로 때려 넣고, 1ℓ 정도의 물을 사용해 추출한다. 신선하지 않은 원두를 추출할 수 있는 가장 훌륭한 방법이다.

3/6

상급 커피 덕후의 사교생활

어떤 취미든 중급을 넘어서 상급으로 가는 길은 험난하다. 꾸준한 물질적 투자뿐만이 아니라 갖은 정신을 집중해 내가 좋아하는 것을 더 좋아하고 또 사랑해야 하기 때문이다. 다행히도 커피를 취미로 둔 이들에게는 각종 이벤트가 넘쳐나니, 온 마음을 다하는 일이 그리 어렵지 않다.

커피 덕후가 되어 가장 먼저 찾게 되는 행사는 박람회일 것이다. 대표적으로 봄에는 커피엑스포, 가을에는 카페쇼가 열린다. 매년 빠르게 변화하는 커피 시장의 흐름을 파악할 수도 있고, 많은 커피인을 한자리에서 만날 수 있으니 그야말로 축제나 다름없다.

박람회처럼 대규모의 이벤트 말고 퍼블릭 커핑도 재미있는 행사인데, 스페셜티 커피를 다루는 카페에서 심심치 않게 찾아볼 수 있다. 혼자서 맛보는 커피도 좋지만, 다른 사람과 자유롭게 생각을 주고받으며 후릅후릅 커피 맛을 보면 가끔은 커피 고수가 된 느낌이 들곤 한다.

그 밖에 주목할 만한 행사로 에어로 프레스 챔피언십 국가대표 선발전이 있다. 에어로 프레스는 미국의 스포츠용품 회사 에어로비Aerobie에서 2005년에 출시한 휴대용 커피 추출 기구다. 스포츠용품 회사에서 만든 기구인 만큼 사용법 또한 유쾌하고 다양하다. 주사기처럼 생긴 모양의 이 추출 기구는, 다른 브루잉 툴과 달리 미량의 압력으로 추출할 수 있고 추출 변수를 조절하는 게 어렵지 않아 누구나 쉽게 사용할 수 있다. 그래서인지 인터넷을 찾아보면 제작사에서 제시한 추출법 말고도 수백 개의 개성 넘치는 레시피를 찾아볼 수 있다.

유쾌한 추출 기구인 만큼, 에어로 프레스 챔피언십은 기존의 커피 대회와는 달리 파티처럼 유쾌한 분위기 속에서 치러진다. 매년 국가대표를 선발하는 대회가 여러 카페에서 돌아가며 열리는데, 2017년에는 각국의 국가대표들이 모여 최고를 가리는 월드 챔피언십이 서울에서 개최되어 60여 개 국의 에어로 프레스 챔피언들이 한자리에 모였다. 대회장에는 커피뿐만 아니라 마이크로 브루어리 맥주회사도 참여하고, 신나는 음악이 끊임없이 흘러나온다. 커피를 전혀 모르는 사람도 축제처럼 즐겁게 하루를 보낼 수 있는 손꼽히는 행사 중 하나다.

하지만 이렇게 행사에 참여하는 것만으로 상급 덕후가 될 수 있다면, 왠지 성취감이 없을 수도 있다. 내 손으로 하는 것은 거의 없기 때문이다. 그리하여 다음으로 추천하는 방법은 직접 커피 행사를 주관하는 것이다. 내가 처음으로 주관한 커피 행사는 대학 캠퍼스에서 노점을 여는 일이었다. 나에게 대학은 무엇이든 해도 되는 공간이었고, 별 좋은 날에는 수업도 땡땡이 치고 좌판을 펼쳐놓고 커피를 팔면 좋겠다고 생각했기 때문이다.

직접 볶은 커피와 휴대용 버너, 주전자와 그라인더를

챙겼다. 커피 한 잔 가격은 1,500원으로 정했다. 주머니가 가벼운 학우들의 사정을 고려하기도 했고, 또 내가 볶은 커피가 그만한 가치를 할지 걱정이 되었기 때문이다. 일주일 전에 미리 공지를 해둔 터라 사람들이 꽤 모였다. 15만 원을 벌었으니 족히 백 잔은 내렸던 것 같다. 하지만 얼마를 벌든 아무렴 어떤가 싶었다. 커피를 내리는 동안 사람들은 노점을 둘러싸고 이야기를 나눴다. 찬바람이 아직 가시지 않은 봄날이었지만, 그 순간이 얼마나 따뜻했는지 모른다.

노점 카페가 꽤 인기를 끌었기에 나는 매 학기 한 번씩은 좌판을 열어 커피를 팔았다. 마지막 학기에는 학내 문제로 인한 학생들의 본관 점거 투쟁이 있었는데, 나는 투쟁의 일환으로 커피를 내렸고 수익금으로는 학생회 후원을 하기도 했다.

'공부' 없이 상급 덕후가 될 수는 없다. '스코어SCORE'는 내가 자주 찾아가던 카페들의 바리스타와 로스터가 한데 모여 만든 커피 스터디 그룹이다. 나는 유일하게 덕후 자격으로 참가하게 되었는데, 격주로 모여 주제를 가지고 커피 공부도 하고 일반인들을 대상으로 '스페셜티 커피를 쉽게 즐기는 법' 등을 전파하는 세미나를 열기도 했다. 가장 즐거웠던 시간은 혼자서는 구매하기 부담스러운 해외 유명 로스터리의 커피를 한꺼번에 주문해 맛을 볼 때였다. 꾸준히 열리던 모임은, 멤버 중 일부가 해외로 나가면서 규칙적으로 이어가기가 어려워졌다. 하지만 그들이 가끔 한국으로 올 때면, 자신이 머무르는 지역의 커피들을 한아름 가지고 와 공개 테이스팅을 하며 여전히 모임이 건재함을 알리고 있다.

물론 이보다 더 높은 난이도로 커피를 즐기는 법이 있다. 상급 중의 상급이랄까. 그것은 일상생활에 커피를 완벽하게 녹여내는 일이다. 가령, 일터에서 집에서와 같이 커피를 마시는 것이다.

나는 사무실에 출근할 때마다 커피 기구를 하나씩 가져다놓았다. 티백 커피나 드립백 등으로는 도무지 만족스럽지 않았기 때문이다. 전동 그라인더와 핸드드립 주전자, 저울과 온도계 등 필요한 것을 죄다 가지고 가서 책상 밑에 두었다. 그러고는 업무 시작 10분 전 커피를 내렸다. 그 무거운 기구를 낑낑대며 들고 캔틴에 가서 누가 뭐라든 물 온도와 무게를 재가며 집중해 커피를 추출했다.

물론 반응은 냉혹했다. 미친놈이 아니고서야 사무실에서 그라인더를 돌리거나 휴게실에서 여유롭게 핸드드립을 하지 않을 것이기 때문이다. 하지만 나는 꾸준했다. 하루도 빼먹지 않고 아침마다 커피를 내리니, 사람들이 다가오기 시작했다. 함께 일하는 팀원들은 물론이요, 타 부서 사람들과도 커피 한 잔 나누기를 꺼리지 않았다. 나중에는 좀처럼 신입 직원에게 마음을 주지 않기로 소문난 옆 부서 선배와도 스스럼없이 대화를 하며 커피를 주고받게 되었다.

너는 진짜 미친놈이었다고, 이렇게 매일같이 커피를 내릴 거라고 누가 상상이나 했겠느냐고 동료가 말했다. 하지만 결국 꾸준하게 미쳐 있으니 사람들의 마음을 움직일 수 있었다. 어떠한 상황에서도 커피 한 잔을 포기하지 않는 것. 그리고 그 행동으로 말미암아 많은 사람과 관계를 맺을 수 있는 것. 중급을 넘어 상급 덕후로 나아가는 참된 길이라고 생각한다.

4

커피 덕후의 탐구생활

4/1

고종이 마신 커피를 생각하다

역사를 잊은 민족에게는 미래가 없다는 말이 있다. 모름지기 커피를 좋아하는 일에서도 그 역사를 아는 것은 중요하다. 그리하여 쓸데없는 의무감으로 커피 역사를 공부해야겠다는 생각을 했다.

오랜 사료들을 찾다 우리 커피 역사의 한 모습을 발견했다. "경식당을 오픈했습니다. 홍릉역에서 가까운 이곳에는 커피와 코코아를 비롯한 다과가 준비되어 있습니다." 1899년《독립신문》영문판에 윤용주라는 사람이 실은 광고다. 전차가 도시를 누비게 되면서 자연스럽게 역전 다방이 등장했고, 어디서부터 시작되었을지 모를 그곳의 커피는 전차를 기다리는 사람들의 헛헛한 속을 달래주었다는 얘기다.

우리나라의 커피 역사를 고증할 만한 사료는 참 부족하다. 때문에 우리나라에 언제 커피가 들어왔는지는 정확히 알 수 없다. 많은 사람들이 이 땅의 첫 커피로 알고 있는 고종의 커피에 대해서도 의견이 분분하다. 엄밀히 말해 고종이 마신 커피는 우리나라의 첫 커피가 아니다. 또, 아관파천(1896~1897)의 혼란 속에서 과연 그가 커피를 마셨는지, 덕수궁 정관헌이 정말 고종이 커피를 마시며 시간을 보냈던 공간인지에 대해서도 누구 하나 확답하는 사람이 없다.

우리나라 커피에 관한 기록으로 가장 오래된 것은 영국인 선교사가 1885년 독일인 묄렌도르프의 집에 초대받은 일화를 기록한《조선풍물지》(W. R. 칼스, 1885)다. 이후《독립신문》영문판에 처음으로 '자바 커피'라는 단어가 등장한 것이 1897년이고, 전차가 깔리던 시점에는 역전 다방도 문을 열어 위와 같은 광고도 하게 된 것이니, 우리나라에 처음 커피가 등장한 시점은 고종이 러시아공사관에서 커피를 마셨던 때보다 훨씬 이를 것이다.

푸른빛을 품어 덕수궁의 여러 건축물 중에서도 눈에 띄는 정관헌에 대한 기록 또한 어느 하나 확실한 것이 없다. 고종이 외국 대사들과 연회를 즐기며 커피를 마셨다는 것이 세간에 알려진 내용이지만 이를 확인할 마땅한 사료가 없다. 정관헌이 연회를 즐기는 장소가 아닌 어진을 모셔놓고 제사를 지내는 공간이라는 주장도 있다. 궁궐의 고고함과는 다른 매력을 지닌 정관헌에서 어떻게 제사를 지냈을지도 의문이지만, 이곳에서 커피를 마셨다는 일화를 증빙할 자료 또한 뚜렷하지 않기에 진실을 확인할 길은 멀기만 하다.

확실한 것은, 누군가 이 땅에서 커피를 마셨다는 사실이다. 희미한 역사의 기록 속에서 문득 그 커피가 어떤 맛이었을지 궁금해졌다. 커피를 처음 마주한 사람들이 마셨을 그 맛을 추적해보고 싶었다. 그리하여 세계의 커피 역사에 대한 책을 읽기 시작했다.

기록에 따르면, 아랍인들로부터 커피 묘목을 빼내 유럽의 커피 시장을 주도했던 네덜란드인들은 자신들의 식민지 인도네시아에서 커피를 재배하기 시작했다. 아낌없이 자본을 투자했던 네덜란드 덕분에, 자바는 당시 최고의 커피 산지가 될 수 있었다. 하지만 19세기 초, 자바의 커피 농장에 녹병이 돌기 시작했고 줄어든 아라비카 커피의 생산량을 로부스타 커피가 대체했다고 한다. 커피가 처음 발견된 에티오피아의 토착품종들을 포함하는 아라비카종에 비해 콩고에서 발견된 로부스타종은 향미가 많이 부족했다. 하지만 병충해에 강하고 낮은 고도에서도 잘 자라니, 아라비카가 물러난 자바 섬에서 자리를 차지한 건 단연 로부스타 커피였다.

점점 늘어나는 커피 수요를 감당하기에 자바 섬에서 재배하는 커피는 너무나도 부족했다. 식민 지배를 둘러싼 복잡한 현지 상황도 자바를 최대 커피 산지의 지위에서 밀어냈다. 20세기에 들어서는 다른 대륙과는 비교할 수 없을 정도의 대규모 플랜테이션이 가능한 브라질이 전 세계 커피 수요를 충당했다. 커피가 자라기에 알맞은 자연환경과 커피 재배에 힘을 쏟을 수 있었던 당시의 정치 상황 때문에 1906년을 기준으로 브라질의 커피 생산량은 세계 전체 교역량의 97%를 차지하기에 이르렀다.

홍릉역 역전 다방에서 마셨을 그 커피를 가만히 생각

해보면, 우리나라에 커피가 들어와 퍼질 무렵 병충해를 이겨내고 다시 커피를 수출하기 시작한 자바와 새로운 커피 수출 강국으로 자리 잡은 브라질의 구수하고 씁쓸한 커피가 떠오를 수밖에 없다.

에스프레소 머신이나 커피 필터, 드리퍼 같은 기구가 커피의 본고장인 유럽에 등장한 때가 1900년대 초반이었으니, 그 전의 커피는 물과 함께 끓여 원두만 걸러내거나 원두를 뜨거운 물에 침지시켜 우려내는 투박한 방법으로 만들어졌을 것이다. 먼 길을 떠나 조선에 정착한 서양인들의 집에는 증기압을 이용한 퍼콜레이터나 프렌치 프레스 같은 기구가 따라왔을 수도 있다. 추측건대, 가장 원시적이고 기본적인 추출 방식들이 우리 커피 역사의 시작과 함께했을 것이다.

고종은 커피 마시기를 즐겼다고 한다. 잘 정제된 지금의 커피와는 다르게 투박한 맛이었겠지만, 염소도 춤추게 만들었던 카페인의 힘은 통치의 고단함에 어깨가 짓눌린 고종의 마음을 달래주었을 것이다. 어렵사리 구한 로부스타 커피를, 또 브라질산 커피를, 각각 프렌치 프레스에 내려본다. 두 커피 모두 구수하고 씁쓸하여 누룽지의 맛이 느껴지기도 한다. 잔을 따라 전해지는 온기에 마음은 한 뼘 누그러진다.

본디 기압이 낮은 유럽에서는 커피 한 잔 마시는 것이 하루를 깨우는 중요한 일과였다고 한다. 한 치 앞도 내다볼 수 없는 나라의 운명에 고심했을 고종의 커피를 생각해본다. 또 밀어닥치는 변화에 혼란스러웠을 서울 사람들이 전차를 기다리며 마셨을 커피 맛을 상상해본다. 커피 한 잔의 위로는 그때부터 시작되었을 것이다. 한 모금 넘기면 온몸에 천천히 퍼져 나가는 카페인의 기운에 사람과 사람 사이, 커피가 퍼져 나갔으리라.

4/2

한국인이 사랑한 커피의 역사

일제 강점기에 들어서면 카페가 대중의 문화가 된다. 부유층이 커피를 향유하기 시작한 때가 1910년대, 그 시절 유학을 떠났던 학생들이 돌아온 1920년대에 들어서야 우리가 떠올리는 카페들이 등장하는 것이다. 1927년 이경손이 관훈동에 문을 연 '카카듀'는 문화예술인들의 휴식처였다. 하지만 모든 낭만적인 공간이 그러하듯, 커피와 아름다운 시간을 향유하던 그 카페들은 경영난을 겪으며 하나 둘씩 문을 닫는다.

돈이 되는 장사를 해야 하기에 카페들은 탈바꿈하게 되었다. 그리하여 등장한 것이 '다방'이 아닌 카페였다. 지금과는 달리 당시는 커피만을 파는 문화 공간을 다방, 여급이 술을 나르기도 하는 공간을 카페라고 불렀다. 1936년 나혜석이 《삼천리》라는 문집에 발표한 〈현숙〉의 주인공 현숙이 바로 이 카페를 창업하고자 하는 신여성이자 카페에서 일하는 여급이다. 현숙은 사업의 주체로서 투자와 경영에 대해 공부를 하지만, 사업을 위한 자금을 벌기 위해 남성들에게 일정한 서비스를 제공하는 모순적인 인물로 등장한다.

경쟁에서 이겨 해방 후까지 살아남은 것은 카페였다. 고상하게 커피만 홀짝이는 다방은, 양주와 비루도 팔고 여급도 있는 카페에 상대가 될 것이 아니었다. 물론 해방 후에 모든 다방이 없어진 것은 아니었다. 문예살롱이라는 이름으로, 훗날 문화인들이 모여 혁명을 꿈꾸었던 공간이 드문드문 문을 열었기 때문이다. 1959년 기준으로 3,000여 개나 되었던 카페의 대부분은 시내 건물의 1층과 지하에, 기원과 함께 자리 잡았다. 별다른 유흥 문화가 없었던 시대에 바둑을 두기보다 유흥과 오락을 즐기는 공간이었던 기원의 역할을 생각해보면, 카페 또한 커피를 즐기는 공간이라기보다 오락과 유흥을 즐기는 공간으로의 역할이 더욱 컸을 것이다.

해방과 전쟁의 혼란을 지난 후 주목할 만한 커피의 이정표는 1976년, 동서식품이 '커피믹스'를 개발한 해다.

인스턴트커피는 1906년 당시 과테말라에 거주하던 벨기에 태생 미국인 조지 콘스탄트 루이 워싱턴George Constant Louis Washington이 개발했다. 그가 물에 녹는 커피 가루를 발명해 미국에 특허를 냈던 당시에는 형편없는 맛으로 인기를 끌지 못했다. 하지만 뜨거운 물만 부으면 되는 이 커피는 제1차 세계대전에 참전한 군인들에게 엄청난 사랑을 받았고, 이를 계기로 만인의 커피가 되었다. 이후 네슬레에서 기존의 인스턴트커피보다 향미가 뛰어난 커피를 개발하는 등 기술이 발전했고, 한국전쟁 때에도 이 인스턴트커피가 보급되어 큰 활약을 했다. 덕분에 우리나라에도 미군의 인스턴트커피가 급속도로 퍼질 수 있었던 것이다.

한국 정부는 국가 주도로 국내 커피 산업을 키워보려 했으나, 사람들은 여전히 미제 커피만 찾았다. 불법 수입

된 미군의 인스턴트커피가 여전히 한국 사람들의 입맛을 지배했다. 하지만 동결건조 우유인 프리마가 개발되면서 전세는 역전되었다. 언제, 어디서나, 누구나 달달하고 부드러운 커피를 쉽게 마실 수 있는 시대가 도래했기 때문이다. 설탕과 프리마가 함께 들어 있어 누구나 빠르고 쉽게 커피를 즐길 수 있게 한 '커피믹스'는 액상크림이나 설탕을 따로 타 마셔야 했던 미군의 인스턴트커피를 대신하여 대중 속으로 빠르게 파고든다.

믹스커피의 유행으로 사람들 사이에 커피에 대한 고정관념이 생겨났다. 빨리 마실 수 있고 달아야 한다. 고도의 산업화와 함께 믹스커피는 성공신화를 이룩했고 그 시절의 카페 문화와 믹스커피는 어느새 우리 대중 커피 문화의 이미지를 만들고 있었다.

아직도 바 안에 있는 사람들을 자신보다 한 계급 낮은 사람으로 보는 이들이 있다. '커피나 타는 일'은 후딱 해치우는 것이라고 생각하는 사람들이 대부분이다. 하루가 멀다 하고 아메리카노의 원가가 500원도 안 되네 하며, 순댓국과 그 값어치를 비교하는 기사가 쏟아져 나오기도 했다. 우리 땅에서의 커피 역사가 그만큼 시시하기도 했고, 커피의 주된 역할이 서글픈 산업화의 이면에서 노동에 지친 사람들을 달래주는 것이었기 때문인 듯하다. 관세청 통계 기준으로 2018년 1인당 연간 커피 소비량이 500여 잔에 달하는 시대지만, 아직도 사람들 대부분은 '피로'를 덜어내기 위해 커피를 찾는다. 극단적으로 쓰고 단 맛만이 피로로 둔감해진 사람들의 혀를 위로해주기에, 커피의 품질을 얘기하면 까다롭다는 소리만 듣는다.

그래서인지, 커피에 대해 글을 쓴다고 하면 많은 사람이 과연 쓸 것이 얼마나 있느냐고 묻곤 한다. 하지만 기록하지 못한 역사들이 있다. 일본에서 커피를 배워 와 자신만의 색깔로 해석해 그야말로 역사가 된 1세대 바리스타 서정달, 박상홍, 박원준, 박이추 바리스타가 있다. 동서식품에서 커피를 연구했던 사람들은 회사를 나와 자신들의 경험을 바탕으로 최고의 커피를 찾기 위해 끊임없이 실력을 갈고 닦았다. 60년의 역사를 가진 대학로 학림다방을 1980년대 중반부터 맡았던 이충렬 바리스타는 인스턴트커피만 마시던 공간을 신선한 원두커피를 마실 수 있는 카페로 탈바꿈시켰다.

세계적인 흐름으로 보면, 인스턴트커피가 이끌었던 '제1의 물결'을 지나, 저급한 인스턴트커피에 싫증을 느긴 대중이 스타벅스와 같은 '제3의 공간'을 찾아 신선한 원두로 만든 커피를 즐기게 된 '제2의 물결'이 밀려오기 시작했을 때 우리나라의 얘기다. 아쉽게도 이 시절에 있었던 일들을 상세히 기록한 역사가 없어, 시간이 될 때마다 살아 있는 증인들을 찾아 인터뷰하고 후일에 쓰일 원고를 적어두기도 한다.

《열아홉 바리스타, 이야기를 로스팅하다》라는 책을 쓰게 된 계기는 '제2의 물결'이 끝나고 산업의 발전, 자본의 투입, 고도의 기술력을 바탕으로 생산 과정에서부터 커피 본연의 맛과 향에 집중하는 '제3의 물결'이 들어올 시기의 우리나라 커피인들의 역사를 기록해야겠다고 생각했기 때문이다. 전세금까지 끌어모아 아무 연고도 없는 미국으로 날아가 스페셜티 커피를 공부한 커피리브레 대표 서필훈의 이야기로 시작하는 이 책은, 반드시 기억해야 할 우리나라 커피 역사의 한 부분을 담았다.

오늘도 밤을 지새우며 로스팅을 하고 커피 추출 연습에 매진하는 수많은 커피인이 있다. 단 한 사람이라도 만족할 수 있는 맛있는 커피를 만들기 위해 평생을 커피에 바친 사람들이다. 그들의 역사는 제대로 기록되고 있을까? 이 땅의 커피 역사는 생각보다 깊고 넓다. 언제든지 마음만 먹으면 역사 깊은 블렌딩 커피부터 시대를 앞서 나가는 최고의 스페셜티 커피까지 마실 수 있을 정도로 우리나라의 커피 산업은 높은 수준에 올라 있다.

하지만 아쉽게도 여전히 커피에 대한 기록은 남루하고 사료 또한 부족하다. 그리하여 나는 커피에 관한 글을 계속 써야겠다고 생각했다. 누군가 마땅히 기록해야 할 역사를 담기 위해서다.

4 / 3

오늘의 서울을 살아가는 사람들의 커피

줄곧 낯선 카페만 찾아 발을 들이던 시절이 있었다. 호기심이 가득한 눈으로 카페의 모든 것을 둘러보며, 어떤 커피든 호로록 입에 담던 시절이었다. 하지만 계속 늘어날 것 같던 단골 카페 리스트는 해가 지나도 그대로였다. 어느 순간부터 한 잔의 커피를 평가의 대상으로 생각했다. 내가 좋아하는 것만이 좋은 것이라는 생각에 빠졌다. 내 취향의 옹졸한 깊이를 발견한 순간이었다. 커피에 대한 글을 쓰는 사람이 이렇게 갇혀 있어도 될까 하는 회의가 들었다.

돌이켜보니 나는 어머니가 마시던 믹스커피에 동동 떠다니던 얼음을 빼 먹기도 했고, 스타벅스에 들어가 복잡한 메뉴판에 식은땀을 흘리며 프라푸치노를 주문해 마시기도 했다. 커피 좀 마신다고 자부했을 때는 던킨도너츠에 들러 에스프레소를 주문했고, 놀랍게도 쓴맛이 너무 강렬해 한 모금도 채 마시지 못하기도 했다. 어떤 커피 한 잔도 의미 없는 것이 없었으며, 돌이켜봐도 잊지 못할 순간들이다.

생각해보니 아직도 내가 맛보지 못한 세상의 커피가 너무나 많았다. 내가 맛보지 못한 그 커피를 마시는 이들이 있을 터였다. 동시대를 살아가는 사람들의 커피가 궁금해졌다. 당신이 처음 만난 커피는 무엇입니까? 서울에서 당신은 어떤 커피를 마시고 있습니까? 오늘의 서울을 살고 있는 당신에게 커피는 어떤 의미입니까? 질문을 던지자, 모두가 추억 속의 커피를 떠올리기 시작했다. 그리고 그들의 이야기 속에 등장하는 커피는 어느 한 잔도 사소하지 않았다.

커피를 만든 역사를 기억하는 것만큼, 마시는 사람들에 대한 기록 또한 중요하다는 생각이 들었다. 커피의 맛은 넓고 깊다. 그 넓은 세계만큼이나 취향도 다양하다. 마시는 사람들의 이야기에 귀를 기울이자, 내가 알지 못했던 숨은 취향들을 그제서야 이해할 수 있었다.

자신을 '분당 키드'라고 부르는 패션디자이너 정원영은 자신의 첫 커피를 스타벅스 코엑스점에서 마신 아메리카노로 기억한다. 분당은 세련된 재단을 뽐내는 양장처럼 곧게 뻗은 계획도시였다. 그렇게 빈틈없는 도시에서 태어난 그에게도 스타벅스는 세련된 커피 문화를 상징하는 공간이었다. 서울에 놀러갈 때면 어김없이 당시 분당에는 없었던 스타벅스를 찾아 커피 한 잔을 마셨던 이유다. 대학에 가서도 자신이 생각하는 세련된 카페, 스타벅스를 찾았다.

"스테이크를 주문하면 당연히 미디엄이라고 말해야 하듯, 커피도 자연스럽게 주문하고 싶었어요." 그런데 그에게 자연스럽게 주문할 수 있는 커피는 스타벅스의 아메리카노뿐이었다. 그것으로 부족하다는 생각이 들면, 가끔씩 얼음이 자글자글한 커피빈의 아이스 아메리카노를 찾아 마셨다. 그의 취향은 딱 거기까지였다.

하지만 전공 수업을 준비하기 위해 원단 공장을 찾아 다니고 친구들과 함께 골목의 술집에서 계획에 없던 술 한잔을 하면서 서울의 맛을 알아가기 시작했다. 세련된 도시의 계획된 커피와는 다른 커피를 접하기 시작한 것도 그즈음이었을 것이다. 산책을 하다 우연히 발견한 카페 나무사이로에서 마신 커피는 이전까지 그가 알던 커피가 아니었다. 바리스타들이 보여주는 커피에 대한 진지한 태도는 유행에 휘둘리지 않고 하나의 작품을 만들어내려는 패션디자이너들의 작업과도 상통했다. 그 이후, 복잡한 구도심의 골목길을 따라 취향에 맞는 서울의 커피를 찾는 일은 통제되지 않은 어떤 것을 좇는 꿈을 꾸는 그에게 중요한 일상이 되었다.

서울의 커피에 대한 또 다른 이미지는 미학자이자 대학 교수인 김남시의 기억 속에도 있다. 진짜 커피를 만난 순간을 묻자 그는 독일 유학 시절을 회상한다. 유학을 가기 전까지는 작은 종이컵에 6할 정도 담긴 믹스커피가 그가 아는 커피의 전부였다. 독일에서 어학 수업을 듣던 건물의 로비에 작은 카페가 있었는데, 커피를 주문하면 머그잔에 대형 브루잉 머신으로 내린 커피를 한가득 담아 주었다.

북유럽은 기압이 낮고 스산한 기운이 맴돈다. 커피와 맥주를 마시는 것은, 그 낮은 공기를 끌어올리는 독일인들의 필수적인 일과였다. 처음에는 쓴맛만 가득한 커피를 한 잔 다 마시기가 어려웠지만, 이내 커피 없이는 아침을 열 수 없는 사람이 되었다. 그렇게 8년, 독일에서의 모든 아침에 커피가 있었다.

8년 만에 돌아온 서울에도 커피가 있었다. 커피를 주문하자 물을 타주는 장면에 충격을 받았다. 어찌 커피에 물을 탈 수가 있냐고 항의도 했다. 하지만 서울의 커피에 금방 익숙해졌다. 도심 가득한 프랜차이즈 카페에서 아메리카노를 마시는 일 또한 자연스러운 일과가 되었다. 핸드드립을 배운 요즘에는 매일 아침 연구실에서 직접 커피를 내려 마신다고 한다. 도시 곳곳에 맛있는 원두를 파는 카페들이 즐비한 덕이다.

다시 돌아온 서울에서 또 8년간 커피를 마셨다. 커피의 취향을 묻는 질문에 그는 배제하는 것에 관해 얘기한다. 이제는 스타벅스의 쓰디쓴 강배전 커피는 마시지 않는다고, 헤이즐넛 커피 같은 가향된 것도, 우유가 들어간 커피도 좀처럼 주문하지 않는다고 했다. 커피를 마실 때 자신의 취향이 아닌 것들을 하나 둘씩 배제해 나가는 일은, 해야 하는 일들로 가득한 도시의 삶에서 하고 싶은 일을 해도 되는 작은 기쁨이기 때문이다.

일본어로 '잠복해 감시하다'라는 단어의 명사형인 '하리코미'는 신입 기자들의 통과의례였는데, 담당 구역의 경찰서를 밤새 돌며 각종 사건사고를 수집하는 일을 의미한다. 추워서 잉크가 안 나왔다면 과장일까. D일보 신입 기자 홍정수가 하리코미를 돌던 때는 모든 것이 꽁꽁 얼어 있던 겨울이었다. 경찰서와 경찰서를 오가는 택시 안에서 신입 기자에 대한 무시에 서러워 우는 일조차 사치였다. 커피 한 잔 곁에 둘 여유는 바랄 수도 없는 절박한 날들의 연속이었다고 그녀는 회상한다. 다가오는 나와바리(세력권, 경계를 가리키는 일본어) 보고를 앞두고 기삿거리를 챙겨두지 못한 신입 기자의 절망감은 깜깜한 새벽과 다름없었다.

그렇기에, 비록 자판기 믹스커피지만 "커피나 한 잔 드릴까요"라는 경찰들의 한마디가 그렇게 반가울 수 없었다. 당신을 쫓아내지 않겠다는 호의가 담겨 있었기 때문이다. 진귀한 얘기는 애초에 없었고, 카더라 소식과 왕년에 그랬다는 얘기가 전부였다. 하지만 이야기와 이야기 사이 홀짝이는 커피 한 모금은 큰 위로가 되었다.

무사히 하리코미를 마치고 진짜 기자가 되었을 때 그녀는 조금 더 여유를 찾았다. 사회부 기자에게는 사무실이 따로 없었기에 기사를 쓰기 위해서는 카페를 찾아야 했다. 회사 인근 종로와 광화문, 을지로와 다동을 걷다 '다동커피집'을 만났다. 모든 음료는 4,000원, 클래식 음악이 흘러나오는 다방 같은 공간에서 그녀는 오랜 시간 머물렀다. 피로감을 걷어내기 위해 마시는 쓰디쓴 커피와는 달리 여유로운 티타임에 어울리는 홍차 같은 느낌이었다. 향기로우면서도 숭늉같이 구수한 예가체프 커피를 마셨던 다동커피집은 임시 사무실과 휴식 공간 그 어딘가였다. 바쁜 일상 속에서도 도심에 숨어 있는 카페에서 마시는 커피 한 잔은 그녀에게 취향을 좇는 일의 소중함을 알게 해주었다.

사람들은 의외로 커피에 얽힌 많은 기억을 품고 있었다. 그리고 삶에서 커피가 중요한 사람도 생각보다 많았다. 각박하고 피로한 도시의 삶에서, 커피는 사람들의 버

팀목이자 휴식처였다. 이런 이야기들을 수집하는 일이 무슨 가치가 있겠는가마는, 동시대를 살아가는 사람들의 커피에 대한 경험들이 언젠가는 소중한 역사가 될 수도 있다는 생각이 들었다.

커피를 좋아하기 시작한 이후로, 커피에 관한 글을 쓰는 것 또한 일상이 되었다. 그중에서도 커피와 함께하는 사람들의 이야기를 담는 것이 가장 큰 기쁨이다. 우연히 시작한 서울 커피에 대한 기록은 내가 커피를 즐기는 또 다른 방식이 되었다. 가끔 그들의 입장이 되어 커피를 마시면 내가 알지 못하는 서울의 커피와 마주할 수 있기 때문이다.

4/4

서울 커피 덕후의 서울 다방 투어

안국역 사거리를 지나다니길 10여 년, 궁금해서 참을 수 없는 공간이 있었다. 사거리를 수십 번 지나다니면서도 좀처럼 그곳의 문을 열기가 망설여졌다. 무엇을 하는 곳인지 도통 모르겠어서, 또 괜히 잘못 들어갔다가 돈만 쓰고 나올 것 같아서였다. 궁금증만큼이나 두려움이 컸기에 무작정 들어갈 수가 없었다.

그렇게 망설이던 어느 날, 큰 결심을 하고 그곳의 문을 열었다. 우물쭈물하다가는 이 낡은 가게가 문을 닫을지도 모른다는 걱정도 앞섰다. 하얀색 간판에 명조체로 '브람스'라고 쓰여 있는 이 공간은, 알고 보니 1985년에 문을 열어 서른 살을 훌쩍 넘긴 음악 다방이었다.

삐걱삐걱 소리를 내는 나무계단을 따라 조심스럽게 2층에 오를 때는 설레는 마음을 감출 수 없었다. 스윽, 문을 여니 주인장은 손님이 왔다는 기척을 느껴 듣던 라디오를 끄고 브람스의 음악을 틀었다. 그리고 스을쩍, 내 얼굴을 보고는 젊은이가 왔다며 다시 재즈음악으로 바꿔 틀었다. 마침 카페에는 아무도 없어서 안국역 사거리가 내다보이는 창가 자리에 앉을 수 있었다.

메뉴판을 가져다주는 주인장에게 나는 클래식을 좋아하니 다시 브람스를 틀어주었으면 좋겠다고 말을 건넸다. 그리고 메뉴판에 의미심장하게 쓰여 있는 '25년 전통의 다방 커피'를 주문했다. 주인장은 별거 아니라고, 옛날식 다방 커피라고 말한다. 그래도 상관없다고 말하니 바로 커피가 나온다. "설탕 둘, 프림 둘 넣어서 휘휘 저어 드세요." 주인장은 쿨하게 커피를 내려놓고는 가신다. 그래봤자 다 똑같은 인스턴트커피이지 않겠는가마는, 브람스

음악을 들으며 호로록 한 모금 마시니 왠지 25년 전통이 담긴 커피를 마시는 기분이 들었다.

좀처럼 그냥 지나칠 수 없는 공간들이 있다. 어떤 이유로, 그 공간에 들어서기까지 꽤 큰 결심이 필요할 때도 있다. 음악 다방 브람스보다 더 오래 고민을 하다 들어간 공간은 을지로3가역 지하상가에 있는 '시티커피'다. 이런 모습으로 어떻게 그 오랜 시간을 버텼을까 싶었지만, 카페는 늘 커피를 마시는 어르신들로 가득 차 있었다. 불쑥 들어선 젊은 청년이 불청객이 되지나 않을까 걱정하면서 가보기를 벼르던 어느 날, 시티커피의 문을 열고 들어섰다. 사장님은 밝은 미소로 인사를 건네며, 세상에서 가장 공손한 태도로 주문을 받아주셨다. 무엇이 제일 맛있냐는 질문에, 메뉴판 가득한 메뉴 그 어떤 것도 맛없는 게 없다며 너스레를 떠셨다. 30년이나 됐다며, 지방에서도 모르는 사람이 없다는 자랑도 덧붙였다.

쿠릉쿠릉 쿠르릉, 오래된 지하상가는 전철이 오갈 때마다 기묘한 소리를 내며 울어댔다. 카페 한켠을 차지한 백발의 어르신들이 심각한 목소리로 국제 정세에 관한 이야기를 나누는데, '100분 토론' 못지않은 뜨거운 열기가 가득한 테이블 위에는 취향 따라 생강차도, 주스도, 커피도 있었다. 자리에서 일어날 때면 얼마 되지 않는 커피 값을 서로 내겠다며 싸우는 그 모습이 마치 이 다방의 오랜 전통이나 되는 것 같기도 했다. 스르르 긴장이 녹아들 때쯤, 주문한 '스페샬 커피'가 나왔다. 커피 맛은 걱정할 것이 없었다. 얼마든 넣어도 넘치지 않는 프림과 설탕이 있었기 때문이다. 가격은 고작 2,000원. 그 분위기가 마음에 들어 한 시간도 넘게 앉아 있었는데, 이 가격에 이렇게 포근할 수 있는 공간이 서울에 또 어디 있나 하는 생각이 들었다.

서울에서만은 아니다. 대구에 카페 투어를 하러 간 적이 있다. 스페셜티 커피를 파는 공간도 좋았지만, 부러 골목 구석구석을 돌아다니며 찾아낸 옛 다방과 음악감상실에서 커피를 마시는 일도 잊지 못할 기억으로 남았다. 그 중에서도 '미도다방'은 대구에 내려갈 때면 꼭 찾는 공간이다. 곱게 한복을 차려입고서 손님이 나갈 때면 배웅까지 나가 인사하는 사장님과 커피 값보다 더 많이 내주는 센베이과자는 먼 길을 부러 찾아간 수고가 아깝지 않은 순간을 선물해주곤 한다.

요즘 카페들에서는 도무지 느낄 수 없는 친절함과 정

겨울, 따뜻함을 느끼기 위해서 이따금 그 다방들을 다시 찾곤 한다. 반백살 아랫사람은 가뭄에 콩 나듯 찾아오는 공간이라 여전히 부끄럽기도 하고 또 망설여질 때가 있지만, 어딘가에 있을 멋진 다방을 찾아가 세월이 담긴 커피를 만나보고 싶다.

"너는 입이 고급이라 이런 커피 안 좋아하지"라는 말을 들을 때면 괜히 마음이 상한다. 커피라면 가리지 않고 다 좋아한다고, 특히나 세월의 흐름이 고스란히 담긴 공간에서는 맹물만 마시고 나와도 감동에 젖을 때가 많다고 대답한다. 믹스커피만큼 만인의 사랑을 받는 커피가 어디 있냐고, 지하철역 지하상가에서 2,000원에 파는 커피만큼 누구에게나 따뜻할 수 있는 커피가 어디 있느냐고 되묻는다. 세월의 풍파에도 흔들리지 않고 버텨온 이 공간들이 혼자 걱정되어, 퇴근길에 부러 길을 돌아 커피 한 잔 마시고 가기도 한다고 말한다. 커피 덕후라고 고급 커피만 즐겨 마시는 것은 아니라고, 커피가 있는 세상의 모든 공간에 기꺼이 앉아 시간을 보내고 싶어할 뿐이라고 말한다.

5

덕업일치를 이루었느냐

5/1

전문가의 일 덕후의 길

거리를 걷다 우연히 마주친 미장이의 작업을 넋을 잃고 바라본 적이 있다. 꾸준하고도 정확하게 벽돌을 쌓고 담을 만들어가는 모습이 마치 행위예술과 같았기 때문이다. 그러면서 하나의 집이 완성되는 과정을 상상해봤다. 설계도에 따라 터를 다듬고 주춧돌을 세우는 일부터 시작하는 그 일은, 감히 내가 생각할 수 없는 전문가들의 수고가 필요한 일이라는 생각이 들었다. 그렇게 시작된 건축에 대한 동경은 세상을 더 깊고 재미있게 바라볼 수 있도록 만들었다.

커피도 그렇다. 커피를 마시는 사람들 대부분은 그 한 잔을 위해 얼마나 많은 노력과 수고가 필요한지 알지 못한다. 하지만 한 잔의 커피가 완성되기까지의 모든 과정을 살펴본다면, 각 분야에서 전문가들이 어떤 마음가짐으로 일을 하는지 알게 된다면, 이전에는 깨닫지 못했던 커피의 더 깊은 맛을 이해할 수 있을 것이다.

커피를 재배하는 농부들은 자연을 이해하며 커피 종자를 심는다. 정성껏 가꾼 커피 열매를 수확해 그 커피가 가진 개성을 발휘할 수 있게 가공 과정을 거치면, 그린빈 바이어가 산지를 찾아 그 커피를 맛본다. 마음에 드는 커피를 구매하기로 결정하면, 통관 절차를 거친 커피가 항구 혹은 공항에 도착한다. 로스터는 생두의 특성을 분석한 뒤 추출에 적합한 로스팅 포인트를 잡는다. 로스팅된 커피는 하루가 다르게 상태가 변하는데, 바리스타는 원두 상태에 맞게 레시피를 바꿔가며 가장 맛있는 방법으로 커피를 추출한다. 커퍼는 이 모든 과정의 사이사이, 커핑을 통해 각각의 커피 상태를 파악하고 정보를 제공하는 역할을 한다. 커피 칼럼니스트는 농장에서 매장까지 한 잔의 커피에 담긴 이야기를 글로 풀어 쓴다. 온라인 플랫폼에서 혹은 한 권의 책이 된 글은 사람들에게 커피 한 잔을 권한다.

프릳츠 커피컴퍼니의 대표이자 그린빈 바이어인 김병기는 '반가운 사람들을 만나러 가는 직업'이라며 자신의 일을 설명했다. 그는 그린빈 바이어는 세 가지 중요한 조건을 갖춰야 한다고 말한다. 제일 중요한 것은 체력이다. 공항에 내려서도 한참이나 차를 타고 먼 길을 가야 만날 수 있는 커피 농장을 찾아가는 일은 어지간한 체력으로는 감당할 수 없기 때문이다. 그다음은 훈련된 미각이다. 맛있는 커피는 좋은 생두의 선택에서 출발하므로 그린빈 바이어는 가장 중요한 결정을 하는 사람이다. 마지막으로 필요한 것은 언어를 이해하는 능력이다. 영어는 기본, 산지에 맞게 스페인어 같은 현지 언어를 조금이라도 구사할 줄 알아야 좋은 생두를 고를 수 있다.

펠트커피의 로스터 김영현과 모 외식업체의 알앤디 팀

장이자 로스터인 류정윤은 로스팅을 요리에 비유한다. 요리를 잘하기 위해서는 일단 청각과 시각, 후각 등 자신의 감각을 최대한 조화롭게 유지해 음식의 변화를 감지해야 한다. 로스터기에 생두가 들어갔을 때부터 그 소리에 집중하는 일, 눈으로 색의 변화를 감지하고, 약한 냄새라도 민감하게 포착하는 일까지, 로스터는 커피를 볶는 내내 쉴 틈이 없다. 여기에 체력과 인내심은 덤인데, 커피를 1배치batch 볶기 위해서는 20분 정도의 시간과 그 이상의 준비 · 마무리 시간이 필요하기 때문이다. 로스터기를 예열하고 로스팅 프로파일을 설계하는 일, 다 볶은 커피를 평가하는 일까지, 어느 하나 고되지 않은 일이 없다.

헬카페 바리스타 임성은과 펠트커피 바리스타 정환식은 손님을 기다리는 일에 관해 이야기한다. 바리스타는 커피를 두고 손님을 마주하는 최전선의 직업인데, 때문에 항상 준비된 마음으로 바에 서 있어야 한다. 그래서 임성은은 바리스타가 갖춰야 할 조건으로 직업윤리를 꼽는다. 손님의 입에 들어가는 음료를 만드는 바리스타는, 항상 위생관념이 철저해야 한다는 것이다. 마찬가지 의미에서 정환식 또한 바리스타는 늘 청소하는 습관을 가져야 한다고 강조한다. 항상 에스프레소 머신 위에 곱게 접혀 있는 하얀 수건은, 당신의 한 잔을 위하여 바리스타가 무엇을 신경 쓰는지 보여주는 증거다.

단일 직업이라 하기에는, 우리나라에 커핑을 전문으로 하는 커퍼의 수는 아직 손에 꼽을 정도다. 대신, 펠트커피의 바리스타 송대웅에게서 커피 산지 생두조합에서의 커핑 경험을 들어보았다. 하루 24시간을 3교대로 쉬지 않고 커핑을 하는 사람들을 보면서, 전문 커퍼라면 튼튼한 체력을 필수로 갖춰야 한다고 생각했단다. 이렇게 마신 커피를 데이터베이스화하는 능력, 다른 커퍼 혹은 로스터나 바리스타와의 의사소통 능력 또한 프로페셔널한 커퍼가 되려면 필수다.

《카페마실》, 《스페셜티 커피 인 서울》, 《동경커피》의 저자이자 커피 칼럼니스트인 심재범은 커피를 진심으로 사랑하는 일에 대해 이야기한다. 오랜 시간 동안 어떤 대상을 접하다 보면 애정보다는 비판적 접근이 앞설 때가 있는데, 타성에 젖어 무조건적인 비판을 하는 경우를 가장 조심해야 한다고 말한다. 균형감이 뛰어난 커피가 좋은 커피이듯, 커피를 바라보는 시선 또한 균형감각을 갖춰야 한다. 멈추지 않는 호기심도 글을 쓰는 무기가 된다. 커피에 관해 글을 쓰는 것은 쉬워 보이지만, 커피를 만드는 모든 과정이 그러하듯 부단한 노력과 인내심을 필요로 하는 일이다.

이 모든 일에 경계선은 명확하지 않다. 가령, 훌륭한 로스터는 농부의 일부터 커퍼, 그린빈 바이어, 바리스타의 일을 정확하게 이해하고 있어야 하며 커피 칼럼니스트에게는 정확한 정보를 제공할 수 있어야 한다. 커피의 씨앗부터 하나의 컵까지, 이 모든 과정에서 중요하지 않은 일은 없다.

커피 덕후가 해야 할 일이 있다면, 이 모든 과정에 관심을 가지는 일이다. 커피 한 잔이 만들어지기까지 들어가는 부단한 노력에 감사하며 부지런히 카페를 가고, 원두를 사야 한다. 커피 한 잔은 결국 마시는 사람이 있어야 완성될 수 있기 때문이다. 전문가들의 노력이 완성되는 마지막 퍼즐은 그 노력의 결과물을 진심으로 사랑할 수 있는 덕후의 존재일 것이다.

15년간 전문가들의 일을 지켜봐온 나는 그저 한 명의

덕후였다. 그러나 여러 가지 계기와 곡절에 우연과 필연이 겹쳐 어느새 커피로 먹고사는 직업을 가지게 되었다. 어쩌다 보니 바 너머에서 직접 커피를 만들어 손님에게 내주는 역할도 맡아보았다. 덕업일치를 이루었으니 성공한 덕후라 할 것인지, 취미를 직업으로 삼아 취미까지 잃는 결과를 낳을지는 더 시간이 흘러봐야 알 것 같다.

하여, 전문가들의 이야기에 이어 커피 덕후가 어쩌다 커피로 먹고살게 되었는지에 관해 이야기를 풀어보고자 한다. 덕업일치를 꿈꾸는 누군가에게 도움이 되지 않을까 싶기도 하고, 어디까지 커피를 좋아해야 하나 고민하는 사람들에게 가이드를 제시해주고 싶기도 해서다.

5/2

어쩌다 취직

대학을 다니는 동안 커피만 마셨다. 좋아하는 일만 해도 시간이 모자라던 시절이었다. 모름지기 대학은 그렇게 다녀야 한다고 생각했다. 취업에 대해 고민하지도 않았고 또 자격증이나 영어 점수를 얻기 위한 공부는 돈과 시간 낭비라는 생각만 했다. 학교가 끝나면 좋아하는 카페에 가서 책을 읽었고, 카페가 문을 닫을 즈음엔 커피 하는 형들과 술 마시고 주말에는 자전거도 탔다.

군대를 다녀와서는 선후배들이 꾸린 중소기업을 다니게 되었다. 남들처럼 그럴싸한 취업 준비도 하지 않은 데다, 3년간의 군대생활 동안도 커피를 마신 게 전부였기 때문이었다. 여전히 퇴근 후에는 할 일도, 가고 싶은 카페도 많았기 때문에, 밤낮없이 일하는 대기업은 좋은 선택지가 되지 않았다. 그리하여 작은 회사를 다니며 계속 커피를 마셨고, 좋은 기회가 생겨 책을 한 권 쓸 수도 있었다. 이렇게만 살면 잘 사는 거라 생각하며 시간을 보냈다.

하지만 인생은 그렇게 낭만이 가득하지 않았다. 중소기업이야 작은 배와 같아 언제든 풍랑에 뒤집힐 수 있다고 생각했다. 하지만 이렇게 빨리 망할 줄은 몰랐다. 밀린 월급은 차차 넣어주겠다는 대표의 쓸쓸한 약속과 함께 짐을 싸들고 나왔다. 그 이후로 한동안은 할 일이 아무것도 없어 잠만 잤다. 너무 잠을 많이 자서 더 이상 잠이 오지 않을 때 눈을 떴다. 무엇이라도 해야겠다고 이력서 낼 곳을 찾아보았지만, 아무것도 준비하지 않은 베짱이에게 자리를 내줄 곳은 없었다. 그러던 중, 한 식품회사가 운영하는 스페셜티 커피 전문 브랜드에서 일할 영업사원을 뽑는다는 소식을 듣게 되었다. 좋아하는 일은 직업으로 두지 않는다는 명언이 있었지만, 절박함과 배고픔이 더 앞섰기에 그간 내가 경험한 커피 역사를 정리해 이력서를 썼다.

수백 명의 경쟁자 앞에서 내가 내세울 건 커피밖에 없었다. 그래서 두 달간의 면접전형을 치르는 동안 꾸준히 카페를 다녔다. 지원한 프랜차이즈가 운영하는 지점을 모두 방문해 오랜 시간 지켜봤다. 모든 메뉴를 마셨고, 보고 느낀 것을 전부 기록했다. 그러고도 남은 시간에는 다른 카페를 다녔다. 하루에 한 카페씩, 저금통을 털어 모은 돈으로 소중한 커피 한 잔을 마셨다. 그러고 나니 면접에서의 모든 질문에 답을 할 수 있었다.

면접관들은 대부분 해당 프랜차이즈의 특장점을 물었는데, 커피에 관심이 있고 자신이 어느 분야에 지원했는지 자각한다면 쉽게 답을 할 수 있는 질문들이었다. 하지만 높은 경쟁률에 반해, 이 브랜드가 운영하는 점포를 가본 지원자는 드물었고 스페셜티 커피에 관심 있는 사람도 많지 않았다. 흔히 말하는 '스펙'에서 나는 그들보다 뒤질 것이 많았지만, 커피에 대한 애정만큼은 가장 앞섰다. 단 한 명을 뽑는 면접인 줄도 모르고 줄곧 커피에 관한 얘기만 했다. 몇 차례의 면접을 거치니 남은 지원자는 손에 꼽을 정도였고, 결국 마지막 남은 한 사람이 되어 입사를 할 수 있게 되었다. 인생에서 오래 기억에 남을 감격의 순간이었다.

취미는 직업으로 두는 것이 아니라 한다. 좋아하는 것이 일이 되는 순간 그 일이 싫어질 거라고 한다. 취업에 성공하고 1년이 넘게 카페에서 실무를 경험했고, 또 사무실에서 매일같이 빵과 커피를 다룬 기사를 찾는 것이 일이 되었지만, 커피가 싫어진 순간은 단 한 번도 없었다. 가끔씩 다른 일을 하는 상상을 해본다. 하지만 늘 커피 한 잔을 곁에 두고 일하는 지금과 비할 수 있을까 싶다. 어떤 일이든 힘이 들고 고되지만, 그 일이 맛있는 커피 한 잔을 위한 것이라면 마음이 놓인다.

어쩌다 보니 노점에서 커피를 내리던 대학 시절에는 상상도 못했던 실용적인 삶을 살고 있다. 언제까지나 놀고먹을 수는 없기 때문이다. 하지만 좋아하는 일을 마음에 두고 그것을 인생의 지향점으로 삼다 보면, 어떤 일이든 즐기며 할 수 있다는 것을 알게 되었다. 앞으로 또 어떤 일이 벌어질지 나는 눈곱만큼도 알지 못하지만, 어디에서든 커피 한 잔을 마시고 있으리라 생각한다. 그리하여 가장 실용적이면서도 가장 행복하게 살고 있을 것이다.

5 / 3

바리스타의 하루

바리스타에 대한 환상이 없었다면 거짓이다. 우아하게 한 잔의 커피를 내려 손님 앞에 스윽, 하고 내미는 것이다. 커피에 대한 설명도 친절하게 해주고, 내가 내린 커피를 마음에 들어하면 어깨를 으쓱하며 한 잔 더 내려주는 상상도 해보았다. 하지만 환상이 깨지는 데에는 그리 오랜 시간이 걸리지 않았다. 아이러니

하게도, 커피 덕분에 커피를 다루는 회사에 취직한 후의 일이었다. 현장을 파악하기 위해 인천국제공항에 있는 매장에서 바리스타로 1년간 일했는데, 바에 들어가는 일은 언제나 전쟁과 같았기 때문이다.

한번은 단골 카페에 찾아가, 프랜차이즈 카페라는 특성 때문에 정신없이 바빠 커피에 집중하기도 힘든 것 같다며 고민을 털어놓았다. 그 카페의 주인은 바리스타 챔피언 자리에 오르기도 했던 커피템플의 김사홍 바리스타였는데, 그는 프랜차이즈 카페가 아닌 곳들도 별반 다르지 않다는 얘기를 해주었다. 어떤 카페든 바리스타가 정작 커피에 집중할 수 있는 시간은, 일하는 순간의 아주 일부라는 것이었다. 다만, 소규모 카페에서 일하는 경우 영업이 끝난 이후에 주인의 재량에 따라 추출 연습을 비롯해 커피 공부를 하는 정도의 차이가 있을 수 있다는 말도 덧붙였다. 바리스타에 대한 환상이 깨지고 또 존경심이 생겨나는 순간이었다.

매일같이 경험한 바리스타의 생활은 새벽 3시 반, 해머처럼 머리를 내려치는 알람 소리와 함께 시작했다. 부리나케 씻고 옷을 입으면 4시 10분. 공항으로 가는 첫차는 4

시 20분이기에 서둘러 집을 나선다. 리무진버스는 설레는 마음으로 공항을 향하는 사람들로 가득 차 있다. 피곤하고 잠도 덜 깼을 시간이지만 다들 수다를 떠느라 여념이 없다. 밝고 시끄러운 버스 안에서도 눈을 감으면 저절로 잠이 온다. 어제의 피로가 채 풀리지 않았기 때문이다.

미끄러지듯 공항 출국장에 도착하는 시간은 5시 20분. 공항에서 일하는 근무자들은 여행객보다 한 발짝 빠르게 움직여야 한다. 직원용 수색대도 거쳐야 하며 면세구역에 사람들이 본격적으로 들어오는 6시 전에 오픈 준비를 마쳐야 하기 때문이다. 피곤할 틈도 없이 옷을 갈아입고 커피부터 내린다. 오늘의 커피 상태를 확인하기 위해서는 빈속에 에스프레소를 들이부어야 한다. 서너 잔을 내려 만족스런 샷이 나올 즈음 활주로 너머 밝은 빛이 몰려온다.

공항은 24시간 문이 열려 있다. 다만 새벽 시간대에는 뜨고 내리는 항공기가 많이 없을 뿐이다. 때문에 카페 문을 열기도 전부터 밤새 굶주린 여행객들이 줄을 서 있다. 심지어는 옷을 갈아입는 비좁은 사무실 문을 열고 도대체 언제 카페를 여느냐고 물어본 외국인도 있었다.

셔터를 올리는 순간 시작이다. 정신없이 주문이 밀려

들어온다. 그렇기에 역할 분담이 잘 되어 있어야 하고, 네 명의 바리스타가 마치 프로 야구팀처럼 호흡을 맞춰야 한다. 최전선에 서는 사람은 주문을 받는 바리스타다. 국제공항 매장이라는 특성 때문에 영어, 중국어, 일본어 등 자주 쓰이는 언어로는 주문을 받을 줄 알아야 한다. 숫자나 메뉴 이름, 간단한 안내는 암기를 해두는 편이다. 친절은 기본이다. 소비자가 화를 내거나 반말을 해도, 돈을 집어던지거나 그보다 더한 일을 해도 웃으며 응대해야 한다. 동시에 주문 들어온 케이크나 상품류를 포장해야 한다. 바쁜 와중에 시간이 조금이라도 나면, 재고 조사를 하는 동시에 필요한 물품들을 본사에 주문해야 한다.

주문 받는 이의 뒤에는 바쁘게 커피를 내리는 바리스타가 있다. 커피를 내리는 바리스타는 야구로 치면 포수의 역할이다. 묵묵하게 공을 받아내는 동시에 투수를 비롯한 8명의 선수들을 관리하는 안방마님처럼, 정신없이 주문 들어온 커피를 내리는 동시에 나머지 3명의 바리스타에게 적절히 지시를 내려야 한다. 가령 혼자서 커피를 만들어 내줄 수 있는 상황이라면 옆에서 보조하는 바리스타에게 설거지를 하거나 출하 물품을 정리하라는 등의 지시를 하는 것이다. 바리스타 옆에는 '서브'라고 부르는 바리스타가 있는데, 아메리카노의 물을 받아놓거나 얼음을 푸는 일, 커피가 아닌 각종 제조음료를 만드는 일을 담당한다. 그리고 완성된 음료들이 주인을 찾아갈 수 있도록 목이 터져라 소리를 치기도 해야 한다.

나머지 한 사람은 그날 매장 운영을 위해 본사에서 출하된 물품들을 정리하는 일을 맡는다. 인천국제공항같이 러시타임이 끝이 없는 매장은 필요한 물품의 양도 산더미 같은데, 테트리스를 하듯 각종 물품을 빼고 쌓기를 반복하다 보면 두 시간이 훌쩍 지나곤 한다. 정리가 끝나도 할 일은 끝이 없다. 내가 일했던 매장은 각종 과일음료를 팔았는데, 여러 과일을 세척하고 다듬는 일도 꽤 오랜 시간이 걸리는 일이었다. 뿐만 아니라 중간중간 매장을 청소하거나 제조음료에 필요한 베이스를 만들어야 한다. 초콜릿 음료를 위해 초콜릿 베이스를 만들고 바닐라 음료를 위해 바닐라빈을 까고 생크림을 졸여 바닐라 베이스를 끓여야 했다. 일들이 마무리되면 오전 내내 쌓인 쓰레기를 정리해 지하에 있는 하역장에 버리고 와야 한다.

점심시간 즈음이 되면 오후조 4명이 출근한다. 근로시간 중 의무로 휴식해야 하는 1시간을 지키기 위해 번갈아가며 식사시간을 갖고 나서 1시간을 더 일하면 하루 일과가 끝난다. 오후조 역시 오전조의 일과를 반복하지만 차이도 있다. 오전에는 주로 물품들을 정리하고 그날 팔아야 할 음료를 생산했다면 오후에는 마감 청소를 하는 일이 큰 일과다. 사용하고 있는 식재료의 유통기한을 확인하고 냉장고 구석구석까지 닦다 보면 오후조의 일과 또한 정신없이 지나가곤 한다.

스케줄에 따라 오전조와 오후조를 번갈아가며 근무해야 하고, 쉬는 날은 일정치 않았다. 공항에 휴일이 없기 때문에 명절 연휴나 여행 성수기가 찾아오면 휴일도 반납하고 카페에 묶여 있을 때가 많았다. 바닥난 체력을 보충하기 위해 점심식사는 고봉밥을 먹었으며, 퇴근하고 나서는 온몸이 박살난 것 같은 기분이 들곤 했다. 가끔은 꿈자리도 험난했는데, 끊임없이 아메리카노를 만들어내거나 끝도 없이 냉장고를 닦다가 잠에서 깬 일이 한두 번이 아니었다.

우아하게 커피를 내리며 세상 친절하게 손님들에게 설명해주는 모습은 상상도 할 수 없었다. 허리가 휘도록 설거지를 하고, 고객의 얼굴은 쳐다도 못 보고 냉장고만 닦다 퇴근했을 땐 내가 이러려고 바리스타가 되었나 자괴감이 들곤 했다. 카페에서 하는 일 중 커피를 내리는 것과 직접 관련된 일은 채 10%가 되지 않았다. 그 외의 잡다한 일들을 하다 보면 커피 한 잔 못 내리고 퇴근하는 날도 꽤 있었다.

바리스타 혹은 카페에서 일하는 노동자를 비하하는 시선 또한 매장 근무에서 견디기 힘든 것 중 하나였다. 반말과 욕설은 물론 "배운 게 없으니 거기서 커피나 타고 있지"라는 모욕적인 발언을 듣기도 했다. 하루는 오줌이 마렵다는 아이의 투정에 매장 안에서 방뇨를 시키려는 어머니를 나무랐다가 사과문을 쓰기도 했다. 물론 개인 매장이 아닌 프랜차이즈 카페였고 공항이라는 특수한 상권에서 겪은 일이었지만, 다른 카페에서 일하는 바리스타들과 얘기해봐도 이 정도 일을 겪어보지 않은 사람이 없을 정도로 현장은 전쟁터나 다름없다.

그렇다고 바리스타로서 지냈던 1년이 힘들기만 했던 건 아니다. 통유리창 너머로 한가득 비쳐오는 아침 햇살이 얄밉기만 한 어느 아침, 오래 기다려도 괜찮다며 드립커피를 주문한 손님이 있었다. 한참을 조용히 앉아 계시던 자리에 가보니 머그잔 가득했던 커피가 비워져 있었다. 그 빈 잔을 보니, 바쁜 와중에도 최선을 다해 내린 커피의 맛을 알아주었다는 생각에 기쁜 마음이 들었다. 커피를 내리는 일이 이러하구나 하는 생각에 뿌듯해졌다. 매장을 찾은 손님들이 커피를 마시는 그 시간만큼은 편히 쉴 수 있도록 최선을 다해야겠다고 결심했다.

함께 일했던 직원들 또한 힘든 시간을 버틸 수 있는 이유였다. 톱니바퀴처럼 서로가 맞물려 쉴 새 없이 호흡을 맞춰 일하다 보면 해결이 불가능할 것같이 쌓여 있던 주문이 어느새 사라져 있었다. 고되지만 서로를 생각하며 그 순간들을 이겨내고 나면, 그 어떤 일에서도 느끼지 못했던 개운함을 가지고 퇴근할 때가 있었다. 아직도 그때 그 치열한 순간들을 함께한 직원들과 만나곤 한다. 누구는 여전히 그곳에서 일하고 있고 누구는 새로운 일터에 둥지를 틀었지만, 힘든 순간에도 커피 향기와 서로의 격려로 이겨낸 그때의 일들을 잊지 못한다고 모두 말한다.

고작 1년을 일했다고 바리스타에 관해 글을 쓰는 것은 무례한 일일지도 모른다. 실제로 바 안에서 일어나는 일들을 경험하고 나니, 바리스타가 생각보다 대단한 일이라는 사실을 알았다. 그럼에도, 하다못해 설거지에도 순서가 있다는 것을, 커피를 만드는 일은 바에서 일어나는 일 중 고작 손톱만 한 것이라는 사실을 부족한 글솜씨로나마 담아내고 싶었다. 당신의 하루를 열어주기 위해 커피를 내리는 일은 부단한 노력을 필요로 한다는 것을 알리기 위해서 말이다.

5/4

커피가 글이 될 때

대학을 다닐 때 수강했던 미술비평론 수업에서 교수님은 모든 글에 자신의 흔적을 남기라고 말씀하셨다. 하다못해 겨드랑이 땀을 묻혀도 좋다고도 하셨다. 누구나 쓸 수 있는 글은 아무나 쓸 수 있으니, 가치 있는 글을 쓰려면 자신의 색을 담으라는 말씀이었다. 그 얘기를 듣고, 나만의 냄새를 가득 담은 글을 썼지만 글솜씨는 없고 냄새만 있었는지 좋은 점수를 받지는 못했다. 대학을 졸업할 때까지 사정은 나아지지 않았는데, 내 사회학 졸업논문을 보신 교수님은 이 정도 글은 블로그에나 올리면 좋겠다며 진로를 정해주셨다.

하지만 나는 졸업 후에도 글을 쓰는 일을 포기하지 않았다. 교수님들이 꽂아놓은 비수를 뽑아내며 꾸준히 책을 읽고 글을 썼다. 노트와 블로그, 잡지와 신문을 가리지 않고 기회가 닿는 대로 글을 썼다. 그리고 어떤 글에든 내가 가진 모든 것을 쏟아 부으려 노력했다. 가령, 사회생활을 하면서 피치 못할 사정으로 써야만 하는 사과문에도 최선을 다했다. 고객의 무리한 요구를 거절하다 고발당해 사과문을 쓸 때에도, 추운 겨울 누군가의 문 앞에서 더 기다리지 못해 죄송하다는 양해의 글을 포스트잇에 적어 놓을 때에도 나는 10번도 넘게 글을 고쳐 쓰곤 했다. 내가 누구인지도 잘 모를 누군가를 위한 글이라 대충 써도 상관은 없었을 테지만, 어쨌든 내 손에서 탄생한 글이었다. 적어도 글을 다루는 일은 소홀히 하고 싶지 않았다.

지금 다니고 있는 회사의 최종면접에서, 한 고위 임원께서 왜 여즉 커피와 관련된 자격증을 하나도 따지 않았느냐고 물었다. 사실대로 말을 하자면 입사 확률이 줄어들 것 같아 에둘러 대답했지만, 커피를 좋아하고 글을 쓰는 일에 기쁨을 느끼니 커피 칼럼니스트가 되고 싶어서 그랬다는 말이 입안을 맴돌았다. 좋은 글을 쓰기 위해 끊임없이 읽고 쓴다고, 세상에서 마셔보지 않은 커피가 없을 때까지 꾸준히 마시러 다닌다고 구구절절 설명하고 싶었다. 물론 필요에 의해 언젠가는 어떤 자격증명을 위해 부단한 노력을 해야 할 수도 있지만, 아직은 좋은 글을 쓰기 위해 보고 듣고 습작을 남기는 일에도 시간이 부족하다. 단 한 명이라도 더 내가 쓴 글을 읽고 커피가 마시고 싶어져야 하기에, 나에게는 하루도 쉴 틈이 없다.

《해삼의 눈》이라는 책이 있다. 1990년에 일본에서 출간된(한국어판은 2004년 출간) 이 책은 해삼을 통해 세계사를 훑어보는 책이다. 눈도 없고 귀도 없이 가만히 해초 위에 누워 있는 해삼이 인간의 세계사에 관해 할 말이 뭐가 있겠는가마는, 저자는 해삼이 귀해 광물과 거래됐던 사실과 그를 위해 해삼이 실크로드를 '여행'한 기록들을 추적해 한 권의 책을 완성했다. 먹을거리를 둘러싼 경이로운 기록을 담은 이 책에는 한반도의 해삼에 관한 글도 한 편 있다. 해삼 전체의 역사에서 한반도의 역할은 매우 중요했지만, 어업을 천하게 여겨 그에 대한 기록도 비슷한 대접을 받았기에 짧게 서술할 수밖에 없다고 하면서 말이다. 식재료를 경작하거나 채취하고, 그것을 인간의 입으로 가져가는 일에 관한 기록은 가치 있는 사료라고 생각하고 있었기에, 그 말이 너무나도 뼈아프게 다가왔다. 쓰인 지 30년 가까이 된 그 책을 읽으며, 나도 세상의 사료가 될 한 덩이의 기록을 남겨야겠다고 생각했다.

"그래, 누군가는 기록해야 하는 일이지." 내가 그 기록을 남기기 위해 인터뷰한 바리스타가 이렇게 말했다. 그 후로 커피인들을 만나 인터뷰를 할 때면 이 말이 떠오른다. 한 잔의 커피를 만들기 위해 자신의 인생을 꼬박 바친 사람들이 있는데, 그것은 기록될 만한 충분한 가치가 있다. 그리하여 부족한 글솜씨지만 꾸준히 블로그에 연재를 하고, 그 글들을 모아 한 권의 책으로 엮기도 했다. 또 누군가는 커피에 관해 글을 쓸 것이 그렇게나 많으냐고 묻는다. 세상에서 두 번째로 교역량이 많은 게 커피고 커피 없이 못 사는 사람들이 널리고 널렸으니, 그렇다면 커피에 대해 글을 쓰는 사람도 매일같이 바쁜 것이 맞다. 그리하여 퇴근을 한 후에는 카페에 들러 커피를 마시고 그 기록을 사진과 글로 남긴다. 누군가는 아침 일찍 자신의 일을 시작하지만, 나에게는 퇴근 후가 진짜 일을 시작하는 시간이 된다. 해가 뉘엿뉘엿 질 때 퇴근길에 지친 사람들 사이에서 커피 한 잔에 관한 기록을 남긴 시간이 어느덧 10년 가까이 쌓였다.

헬카페의 임성은 바리스타와 함께한 술자리에서 부족한 글솜씨에 대한 고민을 털어놓았던 적이 있다. 맛있는 글을 쓰는 사람이 차고 넘치니, 도무지 용기가 나지 않았기 때문이다. 그러자 임성은 바리스타는 "커피에 대해서만 꾸준히 글을 쓰면 언젠가는 좋은 글을 쓸 수 있지 않을까"라는 말을 해주었다. 욕심내지 말고 처음의 그 마음을 가지고 글을 쓰라는 따뜻한 격려였다. 그러고 보니 처음으로 썼던 커피에 대한 글은 부끄러움만 가득했다. 그럼에도 많은 커피인은 나에게 자신의 이야기를 들려주었다. 자신의 커피에 대한 글을 써주어 감사하다고 말해주었다. 덕분에 지금껏 맛있는 커피도 많이 마시고 세상에서 가장 재미있는 커피 이야기들도 들을 수 있었다.

그것에 보답하는 일이 무엇인고 하니, 꾸준히 이야기 보따리를 풀어 더 많은 사람이 커피와 사랑에 빠지도록 유혹하는 것이라는 생각이 들었다. 그래서 한 장의 포스트잇에 담긴 사과문에 열정을 쏟았던 것처럼, 오늘도 매순간 커피를 사랑하는 마음을 담아 글을 쓰기로 다짐한다. 나는 커피 칼럼니스트이기 때문이다.

6

커피로 여행하기

6/1

커피를 위한 여행의 원칙

여행을 좋아해 기회가 될 때마다 배낭을 꾸리지만, 기회는 생각보다 많지 않으며 마음 놓고 오래 다녀오기도 힘들다. 그래서 캐리어에 갖은 짐을 가득 넣듯, 여행 계획도 짧은 시간에 많은 일정을 욱여넣느라 혼란스러울 때가 많다. 하지만 늘 변하지 않는 법칙 같은 것이 있으니, '커피'라는 여행의 주제다. 커피를 마시기 위한 본격적인 '커피 여행'이든, 모든 것을 훌훌 털어버리고 훌쩍 떠나는 여행이든, 계획의 중심에는 카페가 있었다. 여행지에서 손에 꼽히는 카페를 지도에 찍은 후, 돌아봐야 할 인근 관광지를 정하는 방식은 내 여행의 오랜 노하우다.

가령, 2018년에 다녀온 이탈리아 로마, 피렌체, 밀라노와 2008년과 2013년에 각각 방문했던 미국 로스앤젤레스와 뉴욕 그리고 2017년에 갔던 일본 도쿄와 교토 여행은 커피에 의한, 커피를 위한 유람이나 다름없었다. 세 나라 모두 어떤 분야에서는 세계 커피 문화를 주도하는 곳이니만큼, 그 지역에서 유명한 카페들을 꼭 방문했다. 여행 전에는 그곳에 먼저 다녀온 커피 덕후들의 이야기를 새겨들었고, 커피 블로그나 동호회 등의 정보를 바탕으로 핵심 카페를 정리해가며 계획을 세웠다. 예산 또한 카페를 중심으로 책정했다. 필요에 따라서는 하루에 다섯 곳이 넘는 카페를 가기도 했는데, 각각의 카페에서 커피를 두 잔 정도 마시고 또 원두를 구입하는 경우도 있었으니 예상 외의 지출이 있을 때가 많았다. 예상치 못한 카페 방문을 위해서라도 예산 책정에는 신중을 기했다.

커피를 좋아하는 사람이 맛있는 음식을 추종하는 건

동서고금의 공통점이기에, 지나친 카페인 흡입으로 허기가 질 때면 커피를 내려준 바리스타들의 추천을 따라 근처의 맛집을 찾아가는 것이 하루의 일정이 되기도 했다. 때로는 찾아갔던 카페의 손님들이 여행의 파트너가 되는 경우도 있었다. 말이 통하지 않아도 같은 것을 좋아한다는 이유만으로 그들은 기꺼이 방랑자의 가이드가 되어주었고, 덕분에 평생 가보지 못할 비밀스런 장소를 알아내거나 특별한 커피를 마주할 수 있었다. 그렇게 내가 떠난 대부분의 여행은 커피와 커피를 사랑하는 사람들의 장소로 채워지곤 했다.

하지만 2017년에 떠났던 북유럽 여행의 콘셉트는 그렇지 않았다. 처음에는 기점이 되는 카페 몇 곳만을 정해둔 후, 미술관이나 박물관 등을 둘러보고 공연도 볼 셈이었기 때문이다. 하지만 커피를 사랑하는 눈빛은 숨길 수 없었고, 어디에서든 바리스타들과 격의 없는 대화를 나누게 되었다. 덕분에 가야 할 카페의 리스트가 늘었고 의도치 않게 10곳이 넘는 카페를 방문하게 되었다. 덕분에 고민 끝에 정해놓은 몇 곳의 여행지를 포기하기도 했다. 하지만 우연의 연속 속에 찾아간 카페는 인생에서 손에 꼽는 기억을 남기곤 했다. 하루 일정을 꼬박 바쳐 자전거를 타고 다녀온 헬싱키 외곽의 카페 마야와 그곳의 주인장이 추천해준 카페 겸 사우나 꿀뚜리Kulttuurisauna가 그렇다.

사실, 인생에서 가장 맛있는 커피가 무엇이냐 묻는다면 나는 우리나라 카페에서 마신 커피를 꼽을 것이다. 내가 살고 있는 도시의 정취를 품은 카페들이 정감 있고 또 위로가 되기 때문이다. 무엇보다도, 언제든 가고 싶을 때 가서 커피 한 잔을 마실 수 있다는 이유도 있다. 그러니 여행을 떠나서도 커피를 마시는 이유는 단순히 '맛' 때문은 아니다. 아메리카노가 궁금해 떠난 미국에서 진짜 자본의 맛을 봤다거나, 커피를 마시는 휴식 시간인 '피카'에 다양성을 녹여내는 핀란드의 문화를 이해할 수 있었던 것은 모두 커피 덕분이었다. 이국의 카페에는 자칫 놓칠 수 있었던 재미나고 유쾌한 이야기가 있었고 언제나 여행을 충만하게 만들었다. 그러니 무슨 일이 있어도 어디서든 카페를 찾게 되는 것이다.

하여, 앞으로 소개하는 네 나라의 여행기는 카페 소개와는 거리가 멀다. 여행하는 짧은 기간 동안, 내가 만난 그곳의 커피 문화에 대한 이야기라는 것을 알아주었으면 좋겠다.

6 / 2

아메리카노가 궁금해 미국에 갔어

1860년대, 이탈리아를 찾은 미국인들은 주정강화 와인의 일종인 베르무트에 탄산수를 섞어 마시는 칵테일을 찾곤 했다. 이탈리아 사람들은 보통의 술보다 훨씬 약하고 달콤한 이 음료에 '아메리카노' 또는 '아메리'라는 이름을 붙였다. 아메리카노가 커피를 가리키는 단어가 된 것은 그로부터 조금 시간이 지나서, 제2차 세계대전 당시 유럽 대륙을 밟은 미군들에 의해서다. 이탈리아의 깊고 진한 에스프레소는 그들 입에 맞지 않았기에 물을 타 마시는 일이 빈번했기 때문이다. 또 전쟁 중 커피 부족으로 인해 적은 양의 원두로 커피를 내렸던 미국인들의 습관이 정착되어 아메리카노가 퍼지기 시작했다고도 말한다. 아메리카노의 어원에 대해서는 여러 설이 있지만, 전쟁의 혼란 속에서 연한 커피를 마셨던 미국인들로 인해 '아메리카노'라는 이름이 만들어졌다는 사실이 가장 널리 알려진 이야기다.

전장에서 마시던 그 아메리카노가 인스턴트 음료가 되어 커피의 대중화가 일어난 것이 커피 시장 제1의 물결이다. 스타벅스를 중심으로, 에스프레소에 기반한 음료들이 유행하기 시작한 것을 제2의 물결이라 한다. 이어 커피 산업이 발전하고 자본이 유입되면서 커피 고유의 맛과 향에 집중하는 스페셜티 커피, 이른바 제3의 물결이 탄생했다. 실은 아메리카노가 궁금했다기보다, 이 모든 흐름을 탄생시킨 미국의 커피 시장을 몸소 경험하고 싶었다. 그리하여 커피를 마시기 위해 미국으로 향했다. 하루에 딱 세 군데의 카페만 둘러보자 생각하면서.

맨해튼의 거리는 항상 분주했다. 낮에도 밤에도 사람들은 깨어 있어야 한다. 분주하게 거리를 걸어 다니는 사람들의 손에는 항상 커피가 들려 있었다. 어떤 카페를 들러도 줄을 서는 일이 빈번했다. 다양한 문화가 공존하는 그곳에서, 커피는 어떤 형태로도 존재할 수 있었다. 밤새 싸우는 소리가 가득했던 차이나타운의 숙소에서 사람들은 인스턴트커피를 마셨다. 아무리 높이 고개를 들어도 그 끝을 볼 수 없는 건물로 둘러싸인 5번가의 스타벅스는 분주했다. 사람들은 한 손 가득 쇼핑백을 들었고, 한 손에는 싱겁고 쓰기만 한 벤티 사이즈의 아메리카노를 들었다. 어느 부티크 호텔의 로비와 소호 거리의 구석자리에는 스페셜티 커피도 있었다. 맨해튼은 싸구려 커피도, 최신 유행의 고급 커피도 공존하는 용광로였다. 그리고 그 커피는 카페인에 취해야 하루를 거뜬히 보낼 수 있는 미국인들을 위로해주었다.

어떤 커피를 내밀어도 소비할 여력이 충분한 이곳에서 스타벅스가 탄생하고 스페셜티 커피가 태동했던 것은 너무나도 당연한 일이다. 그리고 자본이 최고의 가치인 이곳에서 커피도 하나의 산업으로 크게 성장할 수밖에 없었다. 여행을 다녀오고 몇 년이 지나, 캘리포니아를 기반으로 한 커피기업 피츠커피앤티가 인텔리젠시아와 스텀타운을 인수했다는 소식을 들었다. 두 카페는 카운터컬처와 함께 미국의 스페셜티 커피를 대표하는 빅3로 뽑힐 정도로 유명한 곳이다. 시간이 더 흘러, 스페셜티 커피 업계의 '애플'로 불리는 블루보틀이 네슬레에 지분을 팔았다는 뉴스가 전해졌다.

번뜩이는 아이디어와 적극적인 추진력으로 성장한 카페들의 역사를 지켜보며, 커피의 제3의 물결이 미국에서 일어날 수 있었던 이유에 관해 생각하게 되었다. 미국의 여느 산업이 그러하듯 커피 산업 또한 더 높은 자본 가치를 위해 성장한 것이고, 어떤 커피든 소비할 여력이 있는 다양한 취향은 산업의 발전을 도왔다.

얄밉고 고약하지만, 코카콜라가 그랬고 스타벅스가 그러하듯 미국인들은 세계를 지배했다. 이탈리아 사람들은 에스프레소에 물을 타 마시는 그들을 조롱하여 아메리카노라 놀려댔지만, 지금은 아메리카노를 모르는 사람이 없다. 또 스페셜티 커피 산업을 주도하면서 세계 커피 시장의 흐름을 바꿔놓았으니 명실상부 커피 강국이다. 아메리카노로부터 시작한 그들의 역사는 깊고 진한 에스프레소를 내세우는 이탈리아에 견주어도 부끄러울 것이 없다. 돌이켜 미국에서 마신 커피들을 생각해본다. 자본의 맛이라며 놀려대는 사람도 있지만, 사람들은 대체로 가치가 있는 곳에 돈을 쓰는 법이다. 그러니 그 자본은 높은 확률로 맛있는 커피를 내줄 수밖에 없다.

6/3

오래된 상점가를 닮은 교토의 커피

환전해놓은 돈도 몇 푼 되지 않았고, 일본말은 한마디도 할 줄 몰랐다. 그저 커피 한 잔이 마시고 싶어 들어갔던 곳은 경양식집 같은 외관의 한 카페였다. 커다란 홀 중앙에 동그랗게 짠 목재 바 안에서는 하얀색 베레모를 쓴 바리스타가 국자로 커피를 내리고 있었다. 자신이 쓴 모자보다 훨씬 큰 융 드리퍼에는 강하게 볶인 어두운 색의 커피가 가득 들어 있었는데, 커피를 주문하자 융 드리퍼 아래에 있던 커다란 냄비에서 주전자로 커피를 옮겨 잔에 따라 주었다. 설탕을 넣으면 좋다며 각설탕을 두 개쯤 건네주었지만, 딱히 넣지 않아도 커피는 꿀맛 같았다.

대학을 다닐 때의 일이었다. 일본에서의 숙식이 해결될 수 있다는 생각에 덜컥 한일 대학생 토론회에 지원했다가, 토론회 앞뒤로 교토를 둘러보고 싶어 무리를 했던 일정이었다. 교통비조차 부족해 먹은 거라곤 편의점의 오니기리(주먹밥)가 전부였다. 아끼고 아낀 돈으로 마셨던 그 커피는 어찌나 달콤하고 풍성했던지 모른다. 아직도 나는 교토 하면 하얀 베레모가 기억나고 국자가 생각난다. 그리고 빈속에 들이부었던 그 깊은 맛의 '이노다커피'가 떠오른다.

10년 만에 다시 찾은 교토에서 한달음에 달려갔던 곳은 추억의 그곳이 아닌 '블루보틀 커피'였다. 블루보틀의 창업자 제임스 프리먼은 일본의 카페 문화를 지칭하는 킷사텐喫茶店의 커피 스타일에 대해 "밍크코트의 사치스러움을 입으로 마시는 것 같았다"고 표현했다. 그 사치스러움을 동경하여 탄생한 블루보틀이 다시 일본으로, 또 교토로 돌아왔을 땐 어떤 모습일지 궁금했다.

교토의 여느 상점들처럼, 블루보틀은 언제 지어졌는지 모를 오래된 여관을 개조하여 문을 열었다. 일본인보다 외국인이 더 많은 그곳에서 사람들은 빌린 기모노를 입고 미국의 것인지 일본의 것인지 모를 커피를 후룩후룩 마시고 있었다. 교토의 커피는 확실히 달라져 있었다. 10년 사이에 스페셜티 커피 시장이 성장하기도 했고, 본래 교토는 변화를 받아들이는 일에 능숙하기에 그 변화의 물결을 충실히 받아들였기 때문이리라. 짧은 여행 기간 동안 이노다커피에 대한 추억을 되새김질할 틈이 없을 정도로, 교토에서는 새로운 카페들이 완연하게 꽃을 피우고 있었다.

교토는 일본에서도 손에 꼽는 고도古都이지만 한편으로는 공산당이 지지를 받을 만큼 진보적인 색이 짙은 지역이기도 하다. 또 끊임없이 관광객이 쏟아져 들어오고 일본의 다른 도시에 비해 외국인의 거주 비율도 꽤 높은 편에 속한다. 그렇기에 교토는 가장 오래되었으면서도 가장 새로운 곳이 될 수 있었다. 가령, 일본의 가정식 문화인 '오반자이おばんざい'를 모던한 아침식사 문화로 해석한

식당 '로미에르'와 '키신'이 탄생할 수 있었던 것도 교토의 독특한 분위기를 보여준다.

한 줌이 될까 싶은 분량의 교야사이(교토 채소)로 만든 반찬과 생선요리, 갓 지은 쌀밥으로 구성된 두 식당의 메뉴는 아침잠을 쫓아낼 만큼 정갈하고 맛있어, 교토 지역의 젊은이들은 물론 외국인들의 필수 코스가 되었다. 카페 문화도 마찬가지다. '프랑수아'같이 100년 가까이 된 킷사텐, '이노다커피'나 '오가와커피'처럼 교토에서만 만날 수 있는 오랜 프랜차이즈 카페, 스페셜티 커피 문화를 기반으로 한 '아라비카커피'처럼 해외에도 지점을 낼 만큼 유명세를 떨치는 브랜드가 공존할 수 있는 것은 신구의 조화가 자연스럽게 묻어나는 도시의 품성 때문이다.

하지만 굶주림 속에 한 잔 들이켰던 그 '이노다'의 커피를 제외하고는, 맛으로 기억되는 교토의 커피는 그리 많지 않다. 교토와 오사카를 포함한 간사이 지방은 우유가 맛있기로 유명하다는데, 이름난 '아라비카'의 커피 역시 라테의 고소함은 결국 우유의 맛이 아닐까 싶을 정도로 그다지 인상적이지 않았다.

하지만 또 교토의 커피처럼 하나의 이미지나 브랜드로 기억되는 커피도 없다. 눈을 감으면 오래된 도시에서만

풍겨져 나오는 분위기를 가진 교토 거리가 생각난다. 그 거리의 상점들은 아무리 작아도 자기만의 역사와 개성을 뽐내며 거리를 빛내고 있다. 카페들 또한 마찬가지인데, 역사가 얼마나 됐든 그 고고한 분위기를 하나도 해치지 않고 스스로 역사가 되는 길에 서 있다. 그렇기에 교토의 카페들은 단지 '교토에 있다'는 이유 하나만으로 가치가 있고 마땅히 가봐야 할 곳이 되곤 한다.

10년 후의 교토가 기다려진다. 그때의 교토에는 아마 지금의 블루보틀을 잊게 할 새로운 물결이 융성하게 흐르고 있을 것 같다는 생각이 든다. 그때에는 20년 전의 '이노다커피'를 생각하며 큰 국자로 내린 커피 한 잔을 마시고 싶다.

6/4

노르딕 커피에선 풀냄새가 나더라

여름 끝자락의 스톡홀름은 쌀쌀했다. 차가운 아침 공기에 잠이 깨 산책을 나섰다. 얇은 외투를 걸치고 카메라를 넣은 작은 가방을 들었다. 출근길의 분주함 속에서도 경적 하나 울리지 않는 고요한 찻길을 따라 걸었고, 아침 햇살이 우아하게 든 공원을 지났다. 골목길을 따라 지도에 표시된 카페를 찾아가니 형형

색색의 의자와 테이블에 사람들이 가득했다. 한 잔의 커피는 홍차의 색과 향을 닮았고, 한 모금 머금고 나면 잘 익은 과일의 맛이 느껴졌다.

기술 발전과 자본의 투입으로 생두의 품질이 높아진 스페셜티 커피 시장에서, 커피 본연의 맛과 향을 극대화할 수 있게 발전한 '노르딕 스타일'은 하나의 트렌드로 자리 잡았다. '노르딕 로스팅'은 원두가 옅은 황색이 날 만큼만 약하게 볶는 것을 의미한다. 이렇게 되면 상대적으로 산미가 살아나고 향미가 풍성해져 생두의 특성을 잘 살릴 수 있다. 스톡홀름의 '요한&뉘스트롬'과 '드롭커피', 노르웨이의 '팀 윈들보'와 '후글렌', 덴마크의 '콜렉티브'는 노르딕 스타일 커피를 대표하는 카페들이다. 이들은 자신만의 스타일로 국제 대회에서 우수한 성적을 거두거나 아시아 국가에 분점을 내는 등 스페셜티 커피 시장 곳곳에 적지 않은 영향력을 미치고 있다.

차가운 공기와 낮은 기압 그리고 차분한 도시 분위기가 로스팅에 영향을 미치지 않았을까 생각하던 찰나, 스칸디나비아 사람들 역시 대부분 네스카페를 즐기고 상대적으로 쓴맛이 강한 배전도 높은 커피를 선호한다는 사실을 알게 됐다. 스페셜티 커피 시장은 북유럽에서도 작은 파이일 뿐인데, 북유럽식 커피 브레이크인 '피카Fika'를 즐기는 문화와 다양성을 존중하는 사회적 분위기로 인해 '노르딕 커피'라는 고유의 흐름을 만들 수 있었던 것이다. '피카'를 즐기는 스웨덴 사람들은 매일 오전 9시와 오후 3시, 일에서 벗어나 커피를 마시기 위해 삼삼오오 휴게실 혹은 카페에 모인다. 꽤 오랜 시간 동안 여유로운 대화가 꽃피는 피카에는 국경도 없고, 성차별도 없다. 모든 이가 커피 한 잔 앞에서 평등하다. 편견 없는 그들의 시선은 로스팅에도 색다른 접근방식을 선사했으리라. 또 하루에 열 잔이 넘는 커피를 마시는 헤비 드링커들에게 차처럼 부드러운 커피는 멋진 해답이었을 것이다.

핀란드 헬싱키 도심에서 자전거를 타고 40분, 작고 고요한 섬에 있는 '마야커피'에 들렀다. 여행 중에 만난 많은 이가 한결같이 추천한 곳이었기 때문이다. 울창한 침엽수에 둘러싸인 상가의 귀퉁이, 마야커피에서는 숭고함까지 느껴졌다. 커피를 내리는 물줄기 소리가 들릴 만큼 음악 소리는 잔잔했고, 맛 또한 훌륭했다. 일본에서 커피를 배운 핀란드인 로스터와 일본인 바리스타 부부가 함께 연 이 카페는, 숲속의 작은 오두막집이라는 의미의 핀란드어 'MAJA'를 카페 이름으로 정했다. 마야커피가 추구하는 방향성을 물으니, 자신들은 스페셜티 커피나 노르딕 커피에 대해서는 잘 모른다고 대답했다. 대신 사람과 사람 사이 그 어딘가에서 커피를 내릴 뿐이라고, 고요한 카페에 찾아오는 손님에게 아름다움을 선물하고 싶다고 했다.

오래전부터 북유럽의 커피 소비량은 다른 나라들에 비해 절대적으로 높았다. 국제커피협회International Coffee Organization나 유로모니터Euromonitor의 최근 통계를 봐도 북유럽 국가들은 1인당 커피 소비량에서 늘 상위권을 차지하고 있다. 기후 때문에 더 스산하게 느껴지는 기운을 이겨내기 위해 하루에 열두 잔의 커피를 마시는 일은 그들에게 일상이나 다름없었다. 그 오랜 역사를 생각해보면 스페셜티 커피나 노르딕 스타일은 그들에게 중요하지 않을 것 같았다.

북유럽 사람들은 집으로 찾아온 손님들에게 커피를 대접하는 일에 큰 의미를 둔다. 일상을 넘어서 공동체의 결속에도 커피는 중요한 역할을 했다. 그러니 그들은 커피를 존중할 수밖에 없다. '피카'는 단순히 커피를 마시는 시간이 아니라 커피를 오롯이 즐기는 삶의 여유를 지키려는 경건한 의식과 같다. 그리하여 그들의 커피 한 잔에는 어떠한 다양성도 품을 수 있는 이해심이 담길 수 있었던 것이다.

6 / 5

에스프레소의 고향에서 만난 참된 커피의 맛

정장을 갖춰 입은 바리스타의 움직임에는 한 치의 흐트러짐도 없다. 에스프레소를 주문하면 고개를 끄덕하고는, 딸깍딸깍 그라인더를 움직여 포터필터에 커피를 담는다. 순식간에 탬핑을 하고 커피를 추출한다. 7*g*의 커피에서 나온 21*ml*의 아주 진하고 쫀득한 에스프레소 한 잔이다. 한 모금 꿀꺽 삼키니 쌉싸름

하지만 초콜릿의 달콤함도 느껴진다.

포터필터는 왜 안 씻는지, 원두는 또 왜 듬뿍 갈아놓은 채로 쓰는지, 스팀은 왜 그렇게 대충하는지 아무도 묻지 않는다. 왜냐하면 커피가 진짜로 정말로 맛있기 때문이다. 가장 중요한 사실은 커피 한 잔에 1유로라는 것이다. 비싼데 맛있는 건 당연하지만, 싼데 맛있는 것은 기적이다. 쏟아지는 손님들을 맞으며 끊임없이 기적을 일으키는 이탈리아의 바리스타들은 그야말로 슈퍼스타나 다름없었다.

로마의 아름다움은 폭력적일 정도로 강렬하다. 미켈란젤로의 걸작이 그려진 바티칸의 시스티나 성당, 숨결까지 살려낸 것 같은 베르니니의 백옥 같은 조각상, 이탈리아 작곡가들의 음악이 끊임없이 흘러나오는 로마의 극장까지. 도시 전체가 위대한 유적이며, 세기의 명작들이 아무렇지 않게 박물관에 걸려 있는 이곳에서, 감각은 쉽게 피로함을 느낄 수밖에 없다.

'자판기 커피도 이탈리아에서 마시면 맛있다'라는 말은 이런 이탈리아에 대한 여행객의 환상을 보여준다. 자판기라고는 로마를 대표하는 카페 중 하나인 '타차도로La

Casa Del Caffe Tazza D'oro' 옆에 있는 게 전부인데, 도무지 소화할 수 없는 아름다움이 주는 피로를 감당하기 위해서 마시는 커피라면 무엇인들 맛이 없을까 싶다. 이탈리아인들에게 에스프레소는 100년이 넘는 전통이자 생활이지만, 도시의 모든 것이 생소한 이방인에게는 박물관의 여느 예술작품과 다름없는 관광의 일환일 수밖에 없다. 그래서 슈퍼스타가 내려주는 이탈리안 에스프레소는 이탈리아에만 있고, 오직 이탈리아 사람만이 느낄 수 있는 그들 고유의 문화가 된다.

그 콧대 높은 이탈리아의 에스프레소를 넘어서는 스타벅스가 가능할까? 직접 눈으로 확인하기 위해 밀라노행 기차표를 샀다. 로마와 피렌체와는 달리, 밀라노는 사뭇 한산했고 또 세련됐다. 멋지게 차려입은 비즈니스맨들과 패션피플들이 바쁘게 거리를 오갔다. 스타벅스를 향해 걸어가던 중 우연히 마주친 스페셜티 커피 카페 '카페 잘Cafe Zal'에 들렀다. 그곳에는 브루잉 커피는 물론 '플랫화이트', '에어로 프레스'같이 소위 가장 뜨거운 스페셜티 커피의 흐름 위에 탄 단어들이 있었다. '제3의 물결'이라 불리는 스페셜티 커피의 흐름 속에서도 고집스럽게 자신들의 전통을 지키고자 하는 이탈리아에서는 좀처럼 보기 힘든 광경이었다.

놀란 토끼눈이 된 나에게 에스프레소를 내주며 바리스타는 말했다. "20*g*을 넣어 40*ml*를 추출했어요. 당신이 방문했던 오랜 전통의 이탈리아 카페에서 에스프레소를 이만큼 내려준다고 생각해보세요, 감당할 수 있겠어요?" 깨끗하게 정돈된 바에서 바리스타는 깔끔한 신맛이 매력적인 커피를 내려준다. 여태껏 마신 이탈리안 에스프레소 한 잔의 두 배 가까운 양이다. 그럼에도 생두의 품질이 좋아 쓴맛과 텁텁함이 거의 없어 한 잔을 다 마셔도 부담스럽지 않다. 브루잉 커피 한 잔을 더 요청하니, 바리스타는 커피도 하나의 요리라며 원산지가 분명하고 위생적인 커피는 당연한 시대의 흐름이라고 덧붙인다.

다시 돌아온 로마에서 이탈리안 에스프레소를 파는 곳이 아닌 스페셜티 커피를 파는 카페를 찾아 나섰다. 단 두 곳, 바티칸 성당 앞의 '페르가미노 카페Pergamino Cafe'와 보르게세 공원 근처의 '파로-루미나리스Faro-Luminaris of Coffee'다. 밀라노에서 마셨던 커피처럼, 로마에서 맛본 이탈리안 스페셜티 커피는 꽤 맛있었다. 특히 페르가미노 카페에서 마신 커피는 2018년 로스팅 챔피언의 원두였는데, 왜 챔피언이 되었는지 단박에 알 수 있을 만큼 결점이 없는 한 잔이었다.

맛있는 커피에 감탄하고 있자니, 바리스타가 이런 말을 한다. 오래된 카페에서 마시는 전통적인 이탈리안 에스프레소는 이미 바꿀 수 없는 하나의 문화이자 흐름이라고, 아무리 맛있는 스페셜티 커피가 있어도 그 카페들은 명맥을 유지할 것이라고 말이다. 하지만 덧붙인다. 사람들은 무엇이 맛있는지 직관적으로 이해하기 때문에, 스페셜티 커피 또한 빠르게 받아들일 것이라고.

생각해보니 그의 말이 맞다. 처음 마신 이탈리안 에스프레소는 머리를 한 대 얻어맞은 것처럼 아찔하게 맛있었다. 하지만 이탈리안 스페셜티 커피도 그만큼이나 특별하고 훌륭했다. 그들이 만들어낸 에스프레소 머신은 커피업계에 혁명을 일으켰고, 에스프레소를 마시는 문화를 전 세계인에게 전파했다. 또 그 엄청난 소비량 덕분에, 세계 유수의 농장들은 이탈리아 커피 회사들과 오랜 관계를 돈독하게 맺어와 지금도 큰 영향력을 미치고 있다.

물론 스페셜티 커피의 흐름은 오리지널 에스프레소의 역사와 다른 길을 걷고 있다. 크레마를 만들기 위해 로부스타를 사용하지도 않고, 블렌딩 비율을 비밀로 하지도 않는다. 그럼에도 그들은 유구한 커피 역사를 유산으로 가지고 있으며, 언제든 맛있는 커피를 찾아 마시려는 욕망도 있다. 그렇기에 예술작품과 같은 역사적인 에스프레소도, 새로운 물결을 일으키는 스페셜티 커피도 오래된 도시 위에서 조화롭게 공존할 수 있지 않을까.

7

에필로그 덕후의 자격

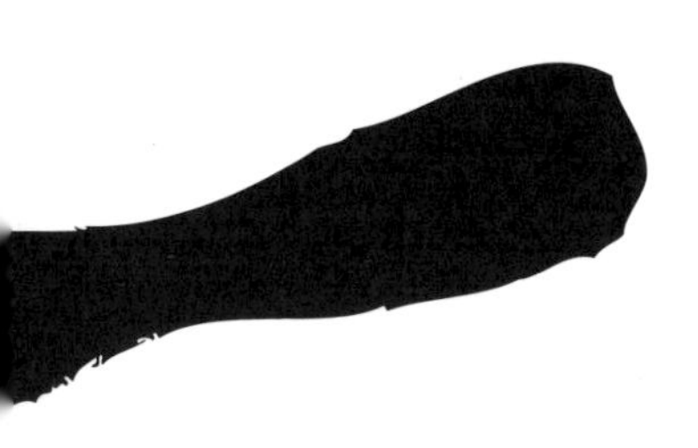

"한 번이라도 그 아름다움을 경험한 사람들은 그것들이 인생의 큰 지향점이 됩니다."

헬카페의 로스터이자 바리스타인 권요섭은 진정한 아름다움을 만났기에 커피와 음악을 따르는 인생을 살고 있다고 말한다. 그래서 그의 커피는 해가 지날수록 맛이 더 깊어지고, 헬카페에서 흘러나오는 음악들은 더 고요해진다.

커피를 내리는 바리스타 인생의 목표가 아름다움이 아니라 돈과 명예와 권력이었다면, 우리는 더 맛있는 커피를 마실 수 있었을까? 아름다움을 평생 좇은 이들의 광적인 열정이 없었더라면, 그들이 만들어낸 수많은 예술작품을 마주할 수 있었을까?

《인스티튜셔널 인베스터》의 창간인이자 발행인인 길버트 캐플런Gilbert Kaplan은 이미 20대에 보통 사람이라면 평생을 꿈꿔도 가지지 못할 부와 명예를 거머쥐었다. 하지만 2016년 1월 1일 74세의 나이로 눈을 감을 때까지 그가 좇았던 건 다름 아닌 음악의 아름다움이었다. 그 아름다움에 대해 그는 "마치 수천 볼트의 번개가 몸을 통과하는 듯했다"고 회상했다. 1965년, 23세의 나이에 뉴욕의 카네기 홀에서 레오폴트 스토코프스키가 지휘하고 아메리칸 심포니 오케스트라가 연주하는 말러의 교향곡 2번 '부활'을 들었을 때였다. 그 이후로 그는 무모한 꿈을 꾸기 시작했다. 사람들 앞에서 말러 교향곡 2번을 지휘하는 일이었다.

그 오랜 결심을 실천하게 된 때는 그의 나이 39세의 일.

그는 경영자로 일을 하면서 하루에 5시간씩 개인교사를 초빙해 음악 공부를 계속했다. 결국, 1982년 9월에 잊지 못할 아름다움을 선사했던 그 아메리칸 심포니를 직접 초빙해 연주회를 열었다. 세상 사람들은 "괴짜 부자의 신박한 돈놀음"이라고 조롱했지만, 연주에 참석한 관객과 평론가들은 "아름다운 연주를 들었다"며 호평을 했다. 그는 이후 세계 유수의 심포니를 지휘하고 음반을 녹음하며 전 세계를 돌아다녔다. 아직도 사람들은 그가 1988년과 1998년 런던 심포니와, 2003년 빈 필하모닉과 함께 녹음해 발매한 음반을 수많은 말러 교향곡 2번 연주 중에서 손에 꼽는 것으로 인정한다.

길버트 캐플런은 요즘 말로 소위 '성공한 덕후'라고 할 수 있다. '덕후'는 특정 분야(특히 애니메이션)에 특화된 마니아를 지칭하는 일본어 '오타쿠'라는 단어가 변화하여 탄생한 것인데, 우리나라에서도 이 단어가 처음 사용됐을 땐 부정적인 의미로 통용되었다. 하지만 최근에는 '덕업일치德業一致' 혹은 '덕후(德厚: 덕이 두터운 사람)'처럼, 좋아하는 일에 평생을 바치고 또 그 분야에서 무언가를 이룩한 사람을 칭송하는 말로 바뀌게 되었다. 가령 영화감독

쿠엔틴 타란티노, 게임 제작자 코지마 히데오, 심지어는 음악가 존 레논을 덕업일치의 성공 사례라고 말하거나 혹은 성덕(성공한 덕후)이라 부른다.

아름다움을 마음에 두고 평생 그것을 좇은 사람들을 어떤 단어로 표현해야 하는가 고민했다. 애호가(혹은 마니아)라는 오랜 표현이 있었고, 덕후라는 신조어가 눈에 들어왔다. 결국 이 책에 사용한 단어로는 '덕후'를 선정하게 되었는데, 애호가의 의미가 '어떤 사물(일)을 몹시 사랑하고 즐기는 사람'이라고 한정되어 있는 반면, 덕후는 좋아하는 것의 더 깊은 세계로 향해하는 사람을 가리킬 수 있다는 생각이 들었기 때문이다. 진정한 덕후들은 자신이 사랑하는 것을 위해 모든 것을 바친 인생을 살았고, 좋아하는 것을 돈벌이로 생각하지 않고 새로운 가치를 만들어냈다. 어느덧 세상은 덕후의 가치를 인정하기 시작했고, 덕업일치를 이룬 사람이야말로 성공한 인생의 표본이 되었다.

길버트 캐플런은, 지휘를 해야겠다고 결심하면서 자신에게 들이닥칠 위험요소에 대해 생각했다고 한다. 첫 번째는 못난 지휘로 망신을 당하는 일이었다. 두 번째는 평생 지휘를 못 해봤다는 후회 속에 사는 것이었다. 둘 중 하나를 택해야 한다면, 망신을 당하더라도 좋아하는 일을 하는 것이 낫다고 결론을 내렸다. 커피에 관한 책을 쓸 때의 내 마음도 이와 같았다. 못난 글솜씨와 커피에 대한 부족한 지식으로 망신을 당하느냐, 좋아하는 커피에 관한 글을 평생 써보지 못한 채 살아가느냐를 선택해야 했다. 나의 결론 또한 길버트 캐플런과 마찬가지였다. 물론 길버트 캐플런처럼 성공한 덕후가 되리라는 보장은 없다. 하지만 나는 그저 좋아하는 일을 누구보다 진지하게 평생 하는 것이 목적이기에 성공에는 큰 욕심이 없다. 소박한 바람이 있다면, 내가 마주한 아름다움을 더 많은 사람들이 공유하고 같이 즐기는 것이다. 못난 나의 글들이, 커피 한 잔 떠올리게 하는 데 부족함이 없었으면 한다.

참고문헌

김현섭 글 · 김기훈 그림, 《오예! 스페셜티 커피!》, 아이비라인, 2018

라이언 브라운, 《커피 바이어 – 커피 생두 구매가이드》, 최익창 옮김, 서필훈 감수, 커피리브레, 2018

미학대계간행회, 《미학의 역사》(미학대계01), 서울대학교출판부, 2008

브리타 폴머, 《스페셜티 커피 – 커피, 기술과 과학》, 최익창 옮김, 서필훈 감수, 커피리브레, 2017

알렉산드로 마르초 마뇨, 《맛의 천재 – 이탈리아, 맛의 역사를 쓰다》, 윤병언 옮김, 책세상

조원진 글 · 유재철 사진, 《열아홉 바리스타, 이야기를 로스팅하다》, 따비, 2016

탄베 유키히로, 《커피과학 – 커피의 맛과 향은 어디에서 오는가?》, 윤선해 옮김, 황소자리, 2017

탄베 유키히로, 《커피세계사 – 한 잔의 커피로 마시는 인류 문명사》, 윤선해 옮김, 황소자리, 2018

하인리히 에두아르트 야콥, 《커피의 역사 – 세계 경제를 뒤흔드는 물질의 일대기》, 남덕현 옮김, 자연과생태, 2013

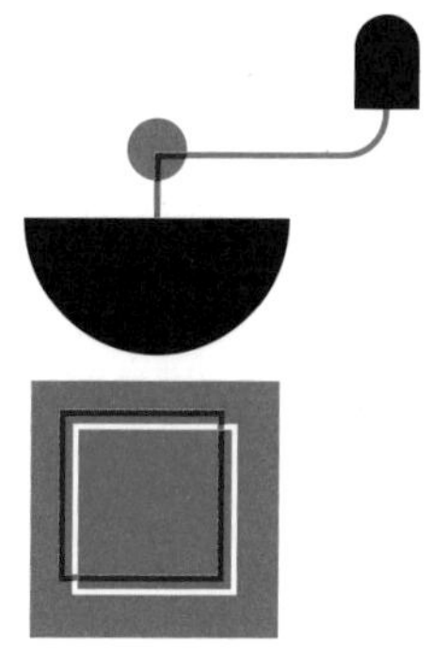

실용 커피 서적

: 커피생활자의 탐구일기

지은이 조원진
초판 1쇄 발행 2019년 4월 20일
초판 2쇄 발행 2020년 6월 20일

펴낸곳 도서출판 따비
펴낸이 박성경
편집 신수진, 차소영
디자인 박대성
출판등록 2009년 5월 4일 제2010-000256호
주소 서울시 마포구 월드컵로28길 6(성산동, 3층)
전화 02-326-3897
팩스 02-6919-1277
메일 tabibooks@hotmail.com
인쇄·제본 영신사

ISBN 978-89-98439-65-1 03810

값 13,000원

이 도서의 국립중앙도서관 출판예정도서목록(CIP)은 서지정보유통지원시스템 홈페이지(http://seoji.nl.go.kr)와 국가자료종합목록시스템(http://www.nl.go.kr/kolisnet)에서 이용하실 수 있습니다. (CIP제어번호 : CIP2019011749)